De Cock en een duivels komplot

A.C. Baantjer

De Cock
en een duivels komplot

Fontein Paperback

Eerste druk 1992
Twaalfde druk 1999

ISBN 90 261 0529 0

Omslagfoto: Maran Olthoff
Grafische verzorging: Studio Combo

1

Het regende al dagen... eindeloos lange junidagen. Ver weg boven de oceaan lagen steeds diepe depressies, die traag, maar onstuitbaar naar Nederland dreven om zich daar te ontladen.
Vooral Amsterdam had het zwaar te verduren. Een dik grijs wolkendek leunde laag op de daken van de stad en kleefde klam aan eeuwenoude geveltjes. Het grauw van de lucht weerspiegelde in de sombere gezichten van de vele toeristen, die in vormloos plastic gehuld op het Damrak langs lokkende etalages sjokten.
Rechercheur De Cock van het aloude politiebureau aan de Amsterdamse Warmoesstraat slofte vanaf het Stationsplein met de stroom toeristen mee. Hij had de avond tevoren laat nog op de televisie naar een voetbalwedstrijd voor het wereldkampioenschap gekeken en zich geërgerd omdat alweer het slechtste elftal had gewonnen.
Bij de Oudebrugsteeg stak hij de rijbaan van het Damrak over en slenterde langs de beurs naar de Warmoesstraat. De oude rechercheur had er niet veel zin in. Toen hij de Warmoesstraat instapte, schoof hij zijn hoedje iets naar achteren en keek omhoog. Het politiebureau stond er nog, stelde hij mistroostig vast. Zijn humeur had nu eenmaal de structuur van een barometer. Ver onder 'veranderlijk' had hij meer moeite met het leven dan anders.
Hij liep groetend langs de wachtcommandant en besteeg de twee trappen naar de recherchekamer.
Tot zijn verbazing trof hij de jonge Vledder niet achter zijn elektronische schrijfmachine. Hij wierp zijn oude hoedje missend naar de kapstok, trok zijn natte regenjas uit en raapte zijn hoedje op. Daarna sjokte hij naar zijn bureau, ging zitten en nam het ernstige besluit om voorlopig niets te doen.
Na enkele minuten kwam Vledder met een dik dossier onder zijn arm de grote recherchekamer binnenstappen. Hij bleef zwaar snuivend voor zijn bureau staan.
De Cock keek met een half open mond van verbazing omhoog naar zijn jonge collega, die even later met nauwelijks verholen woede het lijvige dossier voor zich op zijn bureau smeet. De oude rechercheur trok zijn neus iets op. 'Is er wat?' vroeg hij rijkelijk overbodig. 'Ben je kwaad?'
Het klonk bijna kinderlijk.

Vledder wuifde naar het lijvige dossier.
'Voor niets,' riep hij luid, woedend. 'Voor noppes... voor tjoema. Lange dagen heb ik achter die ellendige schrijfmachine gezeten om alles keurig op papier te zetten... om de officier van justitie en de Weledele Heren Rechters zo volledig mogelijk in te lichten... en wat is het resultaat...' De jonge rechercheur maakte zijn zin niet af. Met een verongelijkt gezicht ging hij achter zijn bureau zitten en schoof het dossier ver van zich af. 'Wat heeft ons werk nog voor zin,' brieste hij, 'als men ongestraft een reeks moorden kan plegen.'
De Cock wees voor zich uit.
'Wat is dat voor een dossier?' vroeg hij bedaard.
Vledder gebaarde heftig.
'Van onze laatste zaak... dat geval van die doden in hun mallotige maillots*. Ik heb gistermorgen op mijn vrije dag vanaf de publieke tribune de rechtszitting bijgewoond.'
De Cock fronste zijn wenkbrauwen.
'Jij was woensdag in ons zo vies en smerig bekladden paleis van justitie aan de Prinsengracht?'
In zijn stem trilde ongeloof.
Vledder trok een ernstig gezicht.
'Ik was benieuwd,' reageerde hij wat wrevelig. 'Ik wilde wel eens zien en horen hoe de behandeling voor de rechtbank zou uitpakken. Die affaire heeft ons destijds toch heel wat hoofdbrekens gekost.' Hij zweeg even en keek verward op. 'Vind je het zo gek, dat ik gisteren naar het paleis van justitie ben gegaan? Heb jij van je leven nooit rechtszittingen bijgewoond?'
De Cock knikte traag.
'Alleen wanneer ik per dagvaarding als getuige was opgeroepen,' antwoordde hij rustig. 'Dan moest ik wel verschijnen. Wettelijk verplicht. Verder heb ik mij zo min mogelijk bekommerd om het oordeel van de Heren Rechters in een zaak die ik had behandeld.' De oude rechercheur trok gelaten zijn schouders op. 'Je moet in ons beroep proberen om zo weinig mogelijk frustraties op te doen.'
Vledder keek hem niet-begrijpend aan.
'En dat doe je als je als politieman een rechtszitting bijwoont?'
De Cock plukte aan zijn onderlip.
'Veelal wel,' reageerde hij loom. 'Soms krijg je het idee, dat de

* Zie: De Cock en danse macabre

strenge en geleerde heren van het recht zelf niet precies weten waar ze mee bezig zijn... worden er aan getuigen en verdachten vragen gesteld, waarvan je als rechercheur die de zaak heeft behandeld, de zin niet begrijpt. Dan bekruipt je de lust om tussenbeide te komen... om het vragen over te nemen, maar dat laten de spelregels van het Wetboek van Strafrecht niet toe.'

Vledder glimlachte.

'Ging je daarom nooit naar rechtszittingen?'

'Onder meer.'

De jonge rechercheur werd ongeduldig.

'Was jij dan nooit geïnteresseerd in het resultaat van al het werk dat je had gedaan?'

De Cock lachte meewarig.

'Toen ik als rechercheur nog zo jong was als jij, volgde ik het nauwgezet... was ik kwaad als er naar mijn gevoel een te geringe straf werd opgelegd en voelde ik mij zo trots als een pauw wanneer de Heren Rechters eens flink tegen een verdachte uitpakten.' De grijze speurder wreef zich met een van pijn vertrokken gezicht achter in zijn nek. 'Op een dag kwam ik tot het klare besef, dat ik met het oordeel van de Heren Rechters in feite niets te maken had... totaal niets... dat de strafmaat geen graadmeter was van mijn succes als rechercheur... dat ik voor die strafmaat gelukkig ook geen enkele verantwoordelijkheid droeg. Vanaf dat moment heb ik nooit meer naar een vonnis omgezien.'

De Cock gebaarde naar het dossier.

'Het valt mij eerlijk gezegd nog mee dat mr. Medhuizen de zaak van die doden in hun mallotige maillots niet al direct uit gebrek aan celruimte heeft geseponeerd. Dat is tegenwoordig schering en inslag.'

Vledder schudde zijn hoofd.

'Onze officier van justitie is wel degelijk tot vervolging overgegaan en heeft tijdens de rechtszitting, zo vond ik, ook een vrij redelijk en goed onderbouwd requisitoir gehouden, maar tot ieders verwondering achtten de Edelachtbare Heren Rechters de opzet tot plegen van "zware mishandeling de dood ten gevolge hebbende" niet bewezen en spraken de verdachten daarvan vrij.'

De Cock keek zijn jonge collega fronsend aan.

'Ze zijn losgelaten?'

Vledder snoof verachtelijk.

'Zo erg is het niet,' sprak hij met verholen spot. 'De verdachten zijn alleen veroordeeld inzake diefstal van een reeks kunstverzamelingen.'
De Cock grinnikte.
'Dat achtte men wel bewezen?'
In zijn stem trilde hoon en verbazing.
Vledder lachte.
'Men kon moeilijk anders. Zelfs de advocaat trok dat niet in twijfel.'
De Cock knikte begrijpend.
'Hij zal allang blij zijn geweest dat de rechtbank de tenlastelegging van "zware mishandeling de dood ten gevolge hebbende" liet vallen.'
'Wat overbleef was een eenvoudige diefstal. Je kon mr. Raspoetin in zijn vuistje zien lachen.'
De Cock boog zich iets naar voren.
'Meester Ras-poe-tin?' herhaalde hij met een grijns op zijn gezicht.
Vledder knikte.
'De verdediger.'
De Cock gniffelde.
'Raspoetin... een fraaie naam voor een advocaat.' Hij gniffelde opnieuw. 'Maar als ik in de advocatuur zat, vroeg ik toch naamsverandering aan.' De oude rechercheur zweeg even. De uitdrukking op zijn gezicht versomberde.
'Het oordeel van de rechtbank betekent wel, dat onze verdachten na aftrek van hun voorarrest binnenkort weer op vrije voeten zijn.'
Vledder wuifde opnieuw in de richting van het dossier.
'Ik zei het je toch... voor tjoema.'
De Cock maakte een berustend gebaartje.
'Misdaadbestrijding is de laatste jaren een uiterst droevige aangelegenheid geworden.'
De grijze speurder plukte nadenkend aan het puntje van zijn neus. De grillige accolades rond zijn mond bewogen... dansten een milde glimlach.
'Rechercheurs... de jokers van onze huidige samenleving.'
Vledder keek hem verwonderd aan.
'En jij laat je als joker gebruiken?'
De Cock grijnsde.
'Zolang de staat dat wil,' riep hij jolig, 'ben ik zijn nar en draag zijn zotskap.'

Er werd bescheiden geklopt en Vledder riep: 'Binnen'.
De deur van de grote recherchekamer gleed langzaam open en in de deuropening verscheen een jonge vrouw.
De Cock schatte haar op voor in de twintig. Ze droeg een lichtblauw verschoten spijkerpak, waaronder een witkatoenen blouse vol kreukels. Haar blonde haren waren strak naar achteren gekamd en eindigden in een korte paardestaart met een felrode strik als een vlindertje erom.
Plomp, onelegant, stapte ze naderbij. De hakken van haar korte laarsjes klikten op het grijze, dof versleten balatum. Bij het bureau van de oude rechercheur bleef ze staan. Haar gedrag, bijna uitdagend, kende geen enkele aarzeling. Ze trok haar kin iets omhoog en keek hem met een helgroene blik koel observerend aan.
'U... eh, u bent rechercheur De Cock?'
De grijze speurder reageerde niet direct. Hij bezag haar kleding en stelde tot zijn verwondering vast, dat het buiten niet meer regende. Daarna kwam hij half uit zijn stoel overeind en knikte. 'De Cock met ceeooceekaa,' antwoordde hij bijna automatisch.
Om haar mond met dunne lippen gleed een glimlach.
'Dat is... eh, dat is... eh, dacht ik, landelijk bekend,' sprak ze instemmend. Ze wees naar de stoel naast zijn bureau. 'Kan ik daar gaan zitten?'
De Cock wuifde uitnodigend.
'Neemt u plaats.'
Ze plofte op de stoel neer en schoof de mouwen van haar jack iets op.
'Ik ben Dorethea,' opende ze met een schorre, wat rauwe stem. 'Dorethea van Hellendoorn. Ik studeer in Enschede op de Universiteit van Twente. Ik heb daar een flatje op de campus.'
De Cock trok een denkrimpel in zijn voorhoofd.
'Dat is toch een Technische Hogeschool?'
Dorethea van Hellendoorn knikte nadrukkelijk.
'Ik studeer fysica.'
De Cock reageerde verwonderd.
'Waarom fysica? Is dat iets voor meisjes?'
Dorethea van Hellendoorn keek hem grijnzend aan.
'Nooit van emanicipatie gehoord?'
De Cock liet zijn hoofd beschaamd zakken.
'Neem het mij vooral niet kwalijk,' sprak hij verontschuldigend. 'Ik ben een ouderwets man.'

Dorethea van Hellendoorn keek hem berustend aan.
'Het is vooral op verzoek van mijn vader,' ging ze zuchtend verder. 'Vader wil dat ik mij ga specialiseren in toegepaste natuurwetenschappen. Daar is hij zelf van bezeten en het heeft hem... maatschappelijk gezien... opmerkelijke successen gebracht.'
De Cock beluisterde de toon waarop ze sprak.
'En dat is ook uw doel... maatschappelijk gezien successen boeken?'
Dorethea van Hellendoorn schudde haar hoofd.
'Ik wil slechts vader terzijde staan bij zijn onderzoeken. Samen met hem pionieren... dolen in nog onbetreden gebieden... verbanden leggen tussen begrippen die men niet voor mogelijk acht. Dat lijkt mij heerlijk.' Haar stem trilde van enthousiasme en haar helgroene ogen lichtten even fel op. 'Volgens mij staat vader op het punt om op basis van een eenvoudige natuurwet opnieuw een belangwekkende uitvinding te doen.'
'Opnieuw?'
Dorethea van Hellendoorn knikte.
'Vader heeft al tal van patenten op zijn naam... patenten waarvan de opbrengst hem tot een zeer vermogend man hebben gemaakt.' Ze schoof de mouwen van haar jack weer iets omhoog en gebaarde met haar rechterhand. 'Ik zei het u toch: maatschappelijk gezien heeft vader opmerkelijke successen geboekt.'
De Cock keek haar onderzoekend aan. De manier waarop de jonge vrouw sprak stoorde hem. In haar stem beluisterde hij voortdurend een niet te overbruggen tegenstrijdigheid... iets van een laatdunkende bewondering.
'En u bent,' vroeg hij geprikkeld en met een zweem van ongeloof, 'helemaal vanuit de campus van de Twentse universiteit in Enschede naar Amsterdam gereisd om mij vandaag in de Warmoesstraat te vertellen, dat uw vader zo'n succesvol man is... maatschappelijk?'
De ogen van Dorethea van Hellendoorn flikkerden kwaadaardig.
'Natuurlijk niet,' reageerde ze opstandig. 'Ik ben niet gek... geen zottin. Ik kom hier niet uit dwaasheid.... uit aanstellerij. Integendeel, ik heb wel degelijk iets te vertellen... iets belangrijks. Maar als u het geduld niet kunt opbrengen om verder naar mij te luisteren, dan is het beter...'
De Cock spreidde zijn beide handen. Zijn breed gezicht lag in een ernstige plooi. 'Opnieuw... neemt u het mij niet kwalijk,' sprak hij

verontschuldigend. 'Maar wat u mij over uw vader vertelt maakt mij onrustig. Ik kan daaruit onmogelijk uw houding ten opzichte van hem inschatten... een van beide... of u veracht hem of u vereert hem?'

Dorethea van Hellendoorn keek hem strak aan.

'En daar tussen is niets?'

De Cock sloot even zijn ogen en zweeg. Hij voelde weinig voor een verhitte discussie met de jonge vrouw voor hij het doel van haar komst kende.

Na enkele seconden keek hij op.

'U zei dat u mij iets belangrijks te vertellen had?'

Zijn stem klonk mat.

Dorethea van Hellendoorn knikte traag. Ze tastte met haar rechterhand naar een zak in haar jack, nam daaruit een enveloppe en hield die omhoog.

'Vader schrijft mij niet vaak,' sprak ze zacht. 'Buiten een paar ansichtkaarten uit een of ander vakantieoord, is dit de derde brief die ik ooit in mijn leven van hem heb ontvangen. In zijn relatie tot mensen is vader niet zo sterk. Erg terughoudend. Ik denk, dat hij voortdurend bang is om gekwetst te worden.' In haar stem beefde liefdevolle tederheid. 'Daarom ben ik van deze brief zo geschrokken... een eerlijkheid, een openhartigheid, die ik niet van hem kende.' Zij legde de enveloppe naast zich op het puntje van het bureau van De Cock.

De grijze speurder wierp een blik op de omslag en zag, dat de brief aan haar naar de campus van de Universteit van Twente was gestuurd. Hij strekte zijn hand naar de enveloppe uit, maar voor hij de brief kon pakken, griste Dorethea van Hellendoorn hem weg en stak hem terug in de zak van haar jack.

'U mag de brief niet lezen,' sprak ze hoofdschuddend. 'Dat zou oneerlijk zijn ten opzichte van mijn vader. De brief is aan mij persoonlijk gericht. Vertrouwelijk. Hij weet niet dat ik u zou bezoeken. Ik doe dit zonder zijn voorkennis... buiten hem om. Ik denk ook niet, dat hij van mij verwacht dat ik naar aanleiding van die brief naar een rechercheur zou stappen. Ik denk, dat hij niet eens aan die mogelijkheid heeft gedacht.' De jonge vrouw maakte een vertwijfeld gebaartje. Haar gezicht betrok. 'Maar ik maak mij zorgen.'

'Over wat... over wie?'

'Over mijn vader.'

De Cock boog zich vertrouwelijk naar haar toe.
'Wat is er dan met uw vader?' vroeg hij met vriendelijk ongeduld.
Dorethea van Hellendoorn drukte de toppen van haar vingers tegen haar voorhoofd en sloot haar ogen. 'Vader... vader staat op het punt om te worden vermoord.'
De Cock keek haar vol ongeloof aan.
'Vermoord?'
'Ja.'
'Schrijft hij dat?'
Dorethea van Hellendoorn knikte.
'Hij schrijft, dat het ieder ogenblik kan gebeuren... dat hij er zich volkomen op heeft voorbereid... dat hij het als onafwendbaar beschouwt.'
De Cock strekte zijn rechterhand bezwerend naar haar uit. 'Even... heel concreet... uw vader schrijft u in zijn brief, dat hij elk moment kan worden vermoord... dat hij zich daarop heeft voorbereid? Waarom... waarom die moord... wat is er gebeurd?'
Dorethea van Hellendoorn schudde haar hoofd.
'Dat staat er niet... dat staat nergens.' In haar stem vibreerde wanhoop. Ze klapte met haar vlakke hand op de zak van haar jack waarin ze de brief had geborgen.
'Alleen maar woorden van angst... angst voor wat hem te wachten staat.'
De Cock zuchtte omstandig.
'Wie?' slikte hij. 'Wie heeft het dan op het leven van uw vader voorzien? Is er sprake van een vete... een bedreiging?'
Dorethea van Hellendoorn schudde opnieuw haar hoofd. Kalm dit keer, rustig, bijna gelaten. 'Daar rept vader met geen woord over,' antwoordde ze strak. 'En ik heb hem er ook nog niet naar gevraagd.' De jonge vrouw krabde op haar voorhoofd. 'Ik had misschien beter eerst even met hem moeten bellen, maar ik ben zo geschrokken van die brief, dat ik onmiddellijk nadat ik hem had gelezen in Hengelo op de trein ben gestapt om u te waarschuwen.' Ze klemde haar dunne lippen bijeen tot een verbeten trek. 'Maar als het gebeurt... als vader werkelijk wordt vermoord... dan behoeft u de dader niet ver te zoeken... het is mijn moeder.'

2

De Cock keek de jonge vrouw secondenlang verdwaasd aan en zakte toen geschrokken in zijn stoel achteruit.
'Uw moeder?' riep hij verrast uit. 'Uw... eh, uw eigen moeder?'
Dorethea van Hellendoorn knikte met een strak gezicht.
'Zij.'
De Cock zweeg even om de schok te verwerken. Hij was heel wat gewend, maar een dergelijke botte beschuldiging was hij in zijn lange carrière als rechercheur nog niet tegengekomen.
Na een poosje had hij zich hervonden. Hij stak zijn beide handen naar voren en drukte de vingertoppen tegen elkaar. 'Ik neem aan,' formuleerde hij voorzichtig, 'dat u voor zo'n uiterst ernstige beschuldiging... dat uw bloedeigen moeder van serieuze moordplannen op uw vader is bezield... gegronde redenen hebt?'
Dorethea van Hellendoorn trok haar mond iets scheef.
'Inderdaad, die heb ik.'
De Cock gebaarde in haar richting.
'Gevoelsmatig?'
Dorethea van Hellendoorn schudde haar hoofd.
'Niet alleen gevoelsmatig.'
De Cock fronste zijn wenkbrauwen.
'U wilt toch niet beweren,' sprak hij met een zweem van ongeloof, 'dat u voor uw beschuldiging ook nog concrete aanwijzingen hebt?'
Dorethea van Hellendoorn zuchtte diep.
'Laat ik proberen om het u te schetsen. Het huwelijk tussen mijn vader en moeder is nooit goed geweest.' Ze sprak met een ondertoon van wrevel. 'Ik heb mij... vanaf het moment dat ik over dergelijke dingen kon nadenken... er steeds over verbaasd, dat die twee ooit in harmonie met elkaar naar het stadhuis zijn gestapt.' Om haar mond met dunne lippen hing een wrange grijns. 'En dat zij daarna beiden nog de euvele moed hadden om mij te verwekken is een compleet, ondoorgrondelijk raadsel. Het moet volgens mij in een vlaag van verstandsverbijstering zijn gebeurd. Een andere verklaring is er niet.'
De Cock keek haar verward aan.
'U... eh, u bent verwekt in een vlaag van verstandsverbijstering?'
Dorethea van Hellendoorn knikte heftig.

'Het kan niet anders. Ik heb, zo lang ik leef, nooit bemerkt dat die twee enige affectie voor elkander koesterden. Ze leefden volkomen langs elkaar heen... als vreemden... zo ongeïnteresseerd, zo liefdeloos, zo zonder enige emotie, dat ze naar mijn mening niet eens in staat waren om elkaar oprecht te haten.'
De jonge vrouw nam een kleine pauze. Ze streek met haar hand langs haar voorhoofd. De bittere woorden hadden haar zichtbaar vermoeid.
De Cock liet haar even begaan.
'Voor liefde... het bedrijven daarvan... kon volgens u geen sprake zijn?'
Dorethea van Hellendoorn schudde haar hoofd.
'Vader,' ging ze na een poosje verder, 'is een in zichzelf gekeerd man, die volkomen opgaat in zijn werk. Zacht, sensibel, maar volkomen blind voor de dingen om hem heen. Moeder daarentegen is een vrouw van de wereld, die zich graag laat zien... zich uitbundig presenteert en affaires met tal van mannen achter de rug heeft.'
'Ze was uw vader ontrouw?'
De studente grijnsde.
'Ze heeft het begrip "trouw" nooit gekend... noch ten opzichte van mijn vader... noch ten opzichte van mij. Ze is... eh, ze is een egoïstisch dier. Haar hele denken en doen is gericht op haar zelf.'
De Cock trok gelaten zijn schouders op.
'Toch hoor ik nog steeds niets van een motief voor moord,' sprak hij kalm. 'Dergelijke huwelijken vormen bepaald geen uitzondering in ons lieve landje en leiden tot geluk van ons, rechercheurs, niet altijd tot een catastrofe.'
Dorethea van Hellendoorn wierp de oude rechercheur een kille blik toe. Ze verschoof onrustig op haar stoel, klemde daarna haar lippen op elkaar en strekte haar rechterwijsvinger naar De Cock uit.
'Vorig jaar wilde moeder scheiden,' vervolgde ze scherp. 'Ze had weer eens een man ontmoet met wie ze haar verdere leven wilde slijten. Zonder enige gêne legde ze dat in mijn bijzijn aan vader uit en deed hem enige voorstellen om tot een echtscheiding te komen... voorstellen in hoofdzaak van financiële aard. Geld is het enige dat haar werkelijk interesseert. Vader weigerde pertinent om op haar voorstellen in te gaan. Wij zijn getrouwd, zei hij. En dat betekent... tot de dood ons scheidt.'
'En?'

Dorethea van Hellendoorn gebaarde heftig.
'Moeder werd kwaad. Ze was des duivels. Ik had haar nog nooit zo gezien. Met opgestoken armen, een rood hoofd en geklauwde handen liep ze op vader toe en brieste... "dat wordt dan wel jouw dood".'
De Cock knikte traag voor zich uit.
'Dat-wordt-dan-wel-jouw-dood,' herhaalde hij vlak. De oude rechercheur keek vragend naar de studente op. 'En deze uitspraak is de basis van uw beschuldiging aan het adres van uw moeder?'
'Ja.'
'Buiten deze woorden heeft uw moeder zich nooit over haar moordplannen geuit?'
'Nee.'
De Cock plukte aan het puntje van zijn neus.
'Een smalle basis,' sprak hij analyserend. 'Ik denk niet, dat ik in geval van een moord op uw vader hiermee een Nederlandse rechter van de schuld van uw moeder kan overtuigen.'
Dorethea van Hellendoorn boog zich met een ruk naar voren en kneep haar lippen op elkaar tot een dunne streep.
'Maar ze meende dat... ik ken haar... ze meende wat ze zei.' De stem van de jonge vrouw sloeg over. 'Ze is... ze is een satansgebroed.'
De Cock ontweek haar emotie en keek haar gelaten aan.
'Uw moeder wenste de dood van uw vader. Ik bedoel... op dat moment.'
Dorethea van Hellendoorn schudde haar hoofd.
'U ziet dat verkeerd,' reageerde ze scherp. 'Op dat moment werd haar verlangen zichtbaar. Het was er al... lange tijd... sluimerend.'
De Cock bracht zijn gezicht in een ernstige plooi.
'U acht uw moeder in staat tot moord?'
De studente knikte nadrukkelijk.
'Absoluut.'
De Cock schoof haar een blocnote toe en gaf haar een ballpoint.
'Geef mij de naam en het adres van uw vader,' sprak hij vriendelijk, 'dan ga ik in de loop van de dag eens met hem praten.'
Het meisje pakte de ballpoint en schreef met hoekige blokletters: Hermanus van Hellendoorn, Binnenkant 1714, Amsterdam-Centrum. Daarna legde ze de ballpoint neer en stond op.
'Daar is vader meestal,' sprak ze kalm. Haar felle emotie scheen wat

weggeëbd. 'Daar heeft hij zijn kantoor. Ik ga nu naar hem toe. Ik wil hem nog even spreken voor ik terugga naar de campus.'
De Cock knikte begrijpend.
'Dat zal hem zeker aangenaam verrassen.' De oude rechercheur zweeg even. 'En wees maar eerlijk,' ging hij verder. 'Zeg hem gerust dat u naar aanleiding van zijn brief bij mij aan de Warmoesstraat bent geweest. En vertel hem, dat ik over een uurtje bij hem ben voor een nadere uitleg.'
'Dat zal ik doen.'
De Cock keek haar beminnelijk glimlachend aan.
'En maak je niet ongerust.'
Dorethea van Hellendoorn reageerde niet. Met een strak gezicht draaide ze zich om en kloste op haar korte laarsjes weg.
De oude rechercheur keek haar peinzend na. Opeens kreeg hij een schok... een onverklaarbare dreun pal onder zijn schedeldak. Het was alsof ook zijn hart een moment van schrik stilstond. Achter op de rug van het jack van het verschoten spijkerpak van Dorothea van Hellendoorn ontwaarde hij een wrede veelkleurige duivelskop. Op het ritme van haar tred grijnsde de kop in glinsterend borduursel.

Toen Dorethea van Hellendoorn was vertrokken, keek Vledder de grijze speurder enige tijd verwonderd aan.
'Wat is er met je?' vroeg hij bezorgd. 'Je lijkt wel geschrokken.'
De Cock knikte.
'Dat ben ik ook,' bekende hij zuchtend. 'Ik had een moment het onzalige gevoel, dat de baarlijke duivel van mij wegliep.'
Vledder lachte.
'In de opmerkelijke verschijning van een jonge vrouw.
De oude rechercheur wuifde in de richting van de deur.
'Het kwam door die duivelskop.'
Vledder gniffelde.
'Je meent die bespottelijke duivelskop op de rug van haar jack?'
'Inderdaad.'
Vledder stelde hem gerust.
'Dat is modern. Je ziet op dat spijkergoed en op die wilde slobbertruien tegenwoordig de meest vreemde teksten en afbeeldingen.'
De Cock reageerde niet. De duivel, zo vond hij, was geen figuur om mee te koketteren. Het was beter, dat men de Satan zo ver mogelijk uit de buurt bleef. Spelen met de duivel was en bleef in zijn ogen een

gevaarlijke zaak. De literatuur stond bol van de vele verschrikkingen die mensen door duivelsverachting waren overkomen.
Vledder onderbrak zijn overpeinzingen.
'En?'
De oude rechercheur keek hem wat verward aan.
'Wat bedoel je?'
'Ga je echt met die man praten?'
De Cock knikte traag.
'Ik heb het beloofd. Bovendien wil ik wel eens uit zijn eigen mond horen of hij zich waarlijk bedreigd voelt... door wie... door wat... waarom?'
'Maar zolang hij niet werkelijk is vermoord, kun je niets wezenlijks voor die man doen. Het is stom, maar zo zit ons werk bij de politie nu eenmaal in elkaar. Er moet altijd eerst iets gebeuren.'
De Cock protesteerde.
'Als die man werkelijk is vermoord, heeft het allemaal geen zin meer.'
Vledder grinnikte.
'Waarom niet?' antwoordde hij sarcastisch. 'Dan kunnen wij samen op ons gemak naar zijn moordenaar gaan zoeken. Dan zijn we pas echt "in de rechtmatige uitoefening van onze bediening", zoals de wet dat zo keurig formuleert.'
'Onzin,' sprak De Cock afwijzend. 'Daar is die man dan niet meer mee gebaat.'
'Wat wil je dan... een stevig gebouwde politieagent naast de man opstellen... als een soort privé-lijfwacht om hem tegen de moordzuchtige aanvallen van zijn vrouw te beschermen?'
Het klonk spottend.
De Cock schudde zijn hoofd.
'Dat is onmogelijk,' reageerde hij kalm. 'Dat weet je best. Als wij bij alle echtelieden die elkaar in dit lieve landje naar het leven staan een levensechte politieman zouden moeten plaatsen, dan konden we nog wel een paar...' Hij maakte zijn zin niet af en kauwde op zijn dikke onderlip.
'Ik kreeg het idee,' ging hij verder, 'dat die Dorethea van Hellendoorn zich werkelijk zorgen maakte over het welzijn van haar vader.' De oude rechercheur blikte naar zijn jonge collega en trok zijn schouders op. 'Wat is er op tegen om een praatje met die man te maken?'

'Als je daar je tijd aan wilt verprutsen,' antwoordde Vledder laatdunkend.
De Cock reageerde fel.
'Je verprutst geen tijd,' riep hij bestraffend, 'als je interesse in mensen toont. Zeker niet in mensen die in moeilijkheden verkeren.'
Vledder boog zich naar hem toe.
'En daar geloof jij in?'
'Wat?'
'Dat die vader van Dorethea van Hellendoorn in moeilijkheden verkeert?'
De Cock knikte nadrukkelijk.
'Natuurlijk verkeert die man in moeilijkheden.' In de stem van de oude rechercheur klonk enige opwinding. 'Die Dorethea van Hellendoorn is geen zweverige tiener, die in een romantische opwelling meent dat zij haar vader van een dreigende ondergang moet redden. Integendeel, volgens mij is zij een uiterst kiene jongedame, die uit de brief die haar vader haar schreef, exact heeft gedestilleerd in welke netelige situatie die man zich bevindt.'
Vledder was niet overtuigd.
'Ik vond het toch vreemd, dat ze jou die brief niet wilde laten lezen. Dan had je daaruit je eigen conclusies kunnen trekken. Nu moet je afgaan op hetgeen die dochter daaruit afleidt.'
De Cock gebaarde achteloos.
'Dat maakt mij niet wantrouwend. Misschien stonden in die brief zaken vermeld, die ze liever niet aan de openbaarheid wilde prijsgeven... voor ons verborgen wilde houden. Ik heb daar wel begrip voor. Daarom heb ik ook niet aangedrongen.' De grijze speurder zweeg even. Zijn breed gezicht lag in een ernstige plooi. 'Maar van één ding ben ik inmiddels overtuigd geraakt... Dorethea van Hellendoorn kwam niet voor niets naar de Warmoesstraat. In haar gevoel heerst de zekerheid, dat haar vader op een of andere manier in levensgevaar verkeert.'
Vledder snoof verachtelijk.
'En daarbij presenteert dochterlief bij voorbaat, zonder enig blikken of blozen, haar eigen moeder als moordenares.'
Het klonk cynisch.
De Cock tuitte zijn lippen.
'Dat is haar persoonlijke mening. Zij kent de spanningen tussen haar ouders en verbindt daar consequenties aan. Zo moet je dat zien.

Maar het is heel goed mogelijk, dat de dreiging die Hermanus van Hellendoorn blijkbaar voelt en waarvan hij in de brief aan zijn dochter getuigt, uit een andere hoek komt.'
Vledder trok een denkrimpel in zijn voorhoofd.
'Heet hij zo... "Hermanus" van Hellendoorn?'
'Ja.'
'Waar woont hij?'
De Cock trok het blocnote naar zich toe.
'Binnenkant 1714,' las hij hardop. 'Daar heeft hij zijn kantoor.'
'Is dat niet vlak bij de Oude Schans en de Montelbaanstoren?'
De Cock knikte.
Vledder boog zich iets naar voren.
'Ik heb kortgeleden iets over ene Hermanus van Hellendoorn gelezen,' sprak hij pijnlijk nadenkend. 'Een artikel met daarbij een foto van de Montelbaanstoren. Dat was, als ik mij goed herinner, in *Management Team*, een business magazine voor zakenlieden... managers, captains of industry.'
De Cock keek hem belangstellend aan.
'Wat stond in dat artikel?'
Vledder antwoordde niet direct.
'In navolging van een groepje van professoren,' antwoordde hij weifelend, 'die de Amerikaanse president Franklin Delano Roosevelt in de moeilijke jaren dertig zou hebben bijgestaan, had hij samen met een aantal Nederlandse geleerden een zogenaamde BRAIN TRUST opgericht.'
De Cock trok zijn neus iets op.
'Brain Trust?' herhaalde hij met hoorbare minachting. 'Wat is dat?'
'Brain Trust... een concentratie van mensen met hersenen... door het bedrijfsleven te consulteren wanneer een onderneming, op welke wijze dan ook, in moeilijkheden is geraakt... of een nieuw gebied wil bestrijken.'
'Tegen betaling?'
Vledder lachte.
'Uiteraard... forse tarieven. Verstand en kennis moeten worden betaald. Het was, zo heb ik althans begrepen, beslist geen charitatieve instelling.'
De Cock trok zijn wenkbrauwen samen.
'Weet je nog met welke heren Hermanus van Hellendoorn die Brain Trust vormde?'

Vledder schudde zijn hoofd.
'Ik herinner mij geen andere namen. Ik dacht dat er geen andere namen in het artikel werden genoemd.'
'Ben je geabonneerd op dat *Management Team*?'
Vledder spreidde zijn handen.
'Ik las het artikel in de wachtkamer van mijn tandarts. Ik weet ook niet van wanneer dat magazine was. Misschien lag het daar al maanden. Ik ben geen regelmatig bezoeker van een tandarts. Ik heb het niet zo erg op zo'n kwelgeest, maar ik had al dagen kiespijn en...'
Het rinkelen van de telefoon op het bureau van De Cock onderbrak hem.
De jonge rechercheur boog zich ver naar voren, nam de hoorn van het toestel en luisterde.
De Cock monsterde zijn gelaatsexpressies en las de plotselinge schrik op zijn jong gezicht.
Na enkele seconden legde Vledder de hoorn op het toestel terug. Hij zag bleek en zijn mond hing halfopen.
'Het... eh, het was Dorethea van Hellendoorn,' stotterde hij.
'En?'
De jonge rechercheur slikte.
'Ze heeft zojuist haar vader gevonden.'
'Dood?'
Vledder knikte.
'Vermoord in zijn kantoor.'

3

Hermanus van Hellendoorn lag gebogen over zijn immens grote mahoniehouten bureau. Zijn handen met wijd gespreide vingers lagen naast zijn hoofd met dun donkerblond haar en een iets kalende kruin. Van zijn gezicht, tussen zijn handen verscholen, was vrijwel niets te zien.

Hij was kennelijk zittend in zijn bureaustoel voorovergezakt en in die houding gestorven. De aanblik was niet schokkend, gruwelijk of angstaanjagend. Integendeel, het was een rustig, bijna vredig tafereel, alsof Hermanus van Hellendoorn zijn moede hoofd had neergelegd om te slapen... voor eeuwig.

De Cock liet zijn scherpe blik door het vertrek dwalen.

De oude rechercheur had voor een koele observatie van de plaats van het delict in de loop der jaren een vrijwel fotografisch geheugen ontwikkeld, waardoor hem geen detail ontging.

Rechts, in de hoek, stond met halfopen deur een brandkast met een bos sleutels hangend aan het sleutelgat. Het was een oud gehavend model van Lips, rond het slot waren duidelijke sporen in het metaal, die er van getuigden dat een of andere inbreker in het verleden al eens tevergeefs zijn krachten op de solide brandkast had beproefd. Er waren verder in het vertrek geen sporen van een worsteling of geweld. Er was ook niets dat er op wees dat iemand naar iets had gezocht. De bureaukasten en laden aan de wand waren keurig gesloten.

De Cock liep om het bureau van de dode heen naar het raam en bezag de Montelbaanstoren en de brug naar de Oude Schans. Even bleef hij genietend van het fraaie uitzicht staan, toen draaide hij zich om en slofte naar Dorethea van Hellendoorn, die met de duivel op haar rug naast de deur tegen de muur stond geleund.

De jonge vrouw had gehuild. Tranen hadden haar make-up verveegd.

De oude rechercheur gebaarde achter zich.

'Hebt u hem zo gevonden?'

Dorethea van Hellendoorn knikte vaag.

'Een... eh, een twintig minuten geleden,' sprak ze hakkelend. 'Nadat ik u had bezocht, ben ik rechtstreeks vanaf het bureau Warmoesstraat via de Binnen Bantammerstraat naar de Binnenkant gelopen.

Ik heb niets bijzonders ontdekt. De deur beneden was niet afgesloten... kon ik zo opendrukken. Vader hield... zoals altijd... open huis. Daar heb ik hem al vaak tegen gewaarschuwd... zo pal bij de Zeedijk en de Nieuwmarkt. Maar vader zag daarin geen gevaar.' Ze zweeg even en staarde voor zich uit.
'Toen ik hier zijn kantoor binnenstapte,' ging ze verder, 'dacht ik dat hij voorover in slaap was gevallen. Uitgeput, van vermoeidheid. Hij maakte vaak lange dagen. Ik riep "vader"... nogal hard om hem wakker te maken.' Ze schudde haar hoofd en haar onderlip begon te trillen.
'Hij werd niet wakker. Ondanks mijn roepen bleef hij zo liggen... zo met zijn voorhoofd steunend op zijn bureau. Dat vond ik wat raar... vreemd... ongewoon. Het maakte mij ook bang... angstig. Ik ben toen naar hem toe gelopen en heb mijn hand achter op zijn hoofd gelegd.' Ze zweeg opnieuw en sloot even rillend haar ogen.
'Er ging onmiddellijk een schok door mij heen en ik wist vrijwel op datzelfde moment met volle zekerheid dat hij dood was.'
De Cock plukte aan zijn onderlip.
'In verband met vingerafdrukken... hebt u verder nog iets aangeraakt?'
Dorethea van Hellendoorn kwam van de muur los en knikte.
'Ik heb de hoorn van de telefoon gepakt en heb op de toetsen gedrukt om u te bellen. Daar staan mijn vingers op.' Ze stak haar rechterhand naar voren. De handpalm omhoog.
De Cock keek en schrok.
De toppen van haar vingers en de muis van haar hand waren rood bevlekt. Dorethea van Hellendoorn slikte een paar keer en liet haar hoofd iets zakken.
'Onder zijn borst ligt een grote plas bloed.'

Bram van Wielingen, de politiefotograaf, dreunde gehaast het kantoor binnen en zette zijn aluminium koffertje op de vloer. Hij keek om zich heen. Zonder een woord van begroeting wees hij naar de dode.
'Slaapt hij?'
De Cock antwoordde niet.
'Goedenmorgen,' sprak hij luid. 'Een zeer goede morgen.'
Bram van Wielingen negeerde de begroeting.
'Slaapt hij?' herhaalde hij zijn vraag.

De Cock knikte vaag.
'Ik denk alleen niet,' sprak hij somber, 'dat hij nog wakker wordt.'
Bram van Wielingen liep om de dode heen en grinnikte.
'Hij heeft zich verstopt. Ik kan zo zijn gezicht niet fotograferen.'
De Cock schudde verwijtend zijn hoofd. Hij hield niet van die grappen. 'Dat snap ik,' sprak hij geprikkeld. 'Maak maar een paar foto's van de man zoals hij daar nu aan zijn bureau zit. Zijn gezicht fotografeer je morgen maar op Westgaarde voordat dokter Rusteloos daar met de sectie begint.'
Bram van Wielingen trok een bedenkelijk gezicht.
'Dokter Rusteloos is zo'n vroege vogel. Kun je zijn hoofd niet optillen, zodat ik hem nu even in zijn gezicht flits. Dan hoef ik morgenochtend niet voor dag en dauw op pad.'
De Cock schudde resoluut zijn hoofd.
'Morgenochtend,' sprak hij gedecideerd, 'in het sectielokaal op Westgaarde. Dan kun je meteen ook een paar plaatjes maken van zijn verwondingen.'
Bram van Wielingen keek hem verwonderd aan.
'Heeft hij die... verwondingen? Ik zie niets.'
De Cock knikte gelaten.
'Vrijwel zeker. Maar dat moet straks dokter Den Koninghe maar bekijken. Daar is hij voor ingehuurd.' De oude rechercheur wendde zich tot Dorethea van Hellendoorn, die opnieuw tegen de muur geleund stond. 'U kunt hier beter niet blijven,' sprak hij vriendelijk, maar dwingend. Hij wenkte Vledder naderbij. 'Neem haar mee naar buiten. Maar blijf bij haar in de buurt. Ik wil straks nog even met haar praten. Als je de ambulancewagen ziet wegrijden, kom je met haar terug.' Zachtjes leidde hij het tweetal het vertrek uit.
Bram van Wielingen monteerde een flitslicht op zijn Hasselblad.
'Wie is dat kind?' vroeg hij met een hoofdbeweging in de richting van de deur.
De Cock wees naar de dode.
'Zijn dochter.'
'Heeft zij haar vader zo gevonden?'
De Cock knikte.
'Ze was kort daarvoor bij mij aan de Warmoesstraat om te vertellen dat zij bang was dat haar vader zou worden vermoord.' De oude rechercheur zweeg even voor het effect. 'Door haar moeder.'
Bram van Wielingen gniffelde.

'Van je familie moet je 't maar hebben.' Hij liep om het bureau heen en begon te fotograferen. Tussentijds keek hij even op. 'Toch makkelijk, zo'n informatie vooraf. Heb jij een keer mazzel... hoef je niet lang naar de dader te zoeken.'
De Cock reageerde niet.
De deur van het kantoor ging open en dokter Den Koninghe stapte met korte driftige pasjes het kantoorvertrek binnen. Pal achter de kleine lijkschouwer, als zijn trouwe paladijnen van de dood, torenden hoog boven hem uit twee geüniformeerde broeders van de gemeentelijke geneeskundige dienst met hun brancard.
De oude rechercheur liep blij op de lijkschouwer toe en schudde hem hartelijk de hand. Hij had een zwak voor de kleine excentrieke dokter met zijn ouderwetse grijze slobkousen onder een deftige streepjesbroek, zijn stemmig zwarte jacquet en zijn verfomfaaide groen uitgeslagen garibaldihoed.
'U bent er dit keer bijzonder vlug bij,' sprak hij vriendelijk. 'Dat heb ik in het verleden wel eens anders meegemaakt.'
Dokter Den Koninghe keek naar De Cock op.
'We waren niet ver uit de buurt.' De kleine lijkschouwer schudde meewarig zijn hoofd. 'Die enge man met zijn botte zeis is vannacht anders weer druk in de weer geweest. Dit is al mijn vierde doodschouw voor vandaag. Het lijkt waarachtig wel een epidemie.'
Hij liep van De Cock weg naar het grote bureau en bezag de dode van alle kanten. Daarna maakte hij met zijn beide handen een hulpeloos gebaar. 'Ik kan het zo echt niet bekijken. Heb je er bezwaar tegen dat we hem op de grond leggen?'
De Cock schudde zijn hoofd.
'Van mij mag hij weg.' Hij wees naar Bram van Wielingen. 'Hij heeft hem al in deze houding gefotografeerd.'
Dokter Den Koninghe wenkte de beide broeders naderbij. Ze plaatsten hun brancard even tegen de muur en pakten de dode bij armen en bovenbenen vast. Daarna schoven ze de bureaustoel onder hem vandaan en legden hem op de vloer.
Het lijk van Hermanus van Hellendoorn was in zijn zittende houding verstijfd en bood met hoog opgetrokken knieën een vreemde aanblik. De Cock had dat voorzien. Hij had in zijn lange loopbaan dergelijke situaties meer ontmoet en was blij, dat hij dochter Dorethea met Vledder had weggestuurd.
Terwijl de broeders de knieën van de man probeerden recht te bui-

gen, keek de grijze speurder naar het gezicht. Het zag er niet prettig uit. De neus was platgedrukt en waar het hoofd op het bureau had gesteund, waren paarse verkleuringen.
Dokter Den Koninghe trok de pijpen van zijn streepjesbroek iets op en hurkte bij de dode neer. Hij sloeg de panden van het colbert terug. In het witte overhemd werd ter hoogte van het hart een grote, bijna ronde plek geronnen bloed zichtbaar. Voorzichtig knoopte de lijkschouwer het overhemd los en bekeek aandachtig de verwondingen aan de borst.
Toen hij na enige tijd overeind kwam, kraakten zijn oude knieën. Dokter Den Koninghe nam met rustige bewegingen zijn brilletje af, pakte zijn witzijden pochette uit het borstzakje van zijn jacquet en poetste zijn glazen.
'Hij is dood,' sprak hij laconiek.
De Cock trok zijn gezicht strak.
'Daar was ik al bang voor,' sprak hij gelaten.
Met het brilletje in zijn hand gebaarde dokter Den Koninghe naar het lijk op de vloer.
'Er zitten een paar kogelgaten in zijn borst. Zeker twee kogels hebben zijn hart geraakt. Gevolg... inwendige bloedingen.' Hij zette zijn brilletje weer op en propte zijn pochette terug in het borstzakje van zijn jacquet.
Bram van Wielingen kwam snel naderbij en flitste Hermanus van Hellendoorn in het dode gezicht.
De Cock zag het, maar reageerde niet. Hij begeleidde dokter Den Koninghe naar de deur, nam afscheid en wuifde hem na. Daarna beduidde hij de broeders van de geneeskundige dienst dat zij het lijk konden meenemen. De oudste broeder nam hij even apart.
'Doe straks op Westgaarde zijn kleren maar niet uit. Leg hem gekleed in de koeling. Ik heb liever dat hij morgenochtend wordt uitgekleed waar mijn jonge collega bij is. In de rug van zijn colbert zijn geen uitschotplekken zichtbaar. Het is heel goed mogelijk dat er nog kogels tussen zijn kleding zitten.'
De oude broeder knikte begrijpend. Hij nam de brancard van de muur en legde die naast de dode op de vloer.
Ben Kreuger kwam binnen. De dactyloscoop keek verwonderd toe hoe de beide broeders het lijk op de brancard legden, een laken over hem heen drapeerden en de riemen vastsjorden. Zacht wiegend droegen ze hem het kantoor uit.

Ben Kreuger blikte naar De Cock.
'Gaat hij al weg? Ik heb zijn vingers nodig.'
De grijze speurder knikte begrijpend.
'Morgenochtend... voordat dokter Rusteloos hem openpeutert... in het sectielokaal op Westgaarde.' De Cock gebaarde om zich heen. 'Als je hier straks gaat kwasten*, kijk dan voor alle zekerheid ook even naar hulzen. Ik ben ze niet tegengekomen.' De oude rechercheur wees zoet grijnzend naar Bram van Wielingen. 'En als je morgenochtend voor vingerafdrukken van het lijk naar Westgaarde gaat... kun je met hem mee. Hij heeft daar nog wat te fotograferen.'

De Cock had Dorethea van Hellendoorn en zijn jonge collega Vledder meegenomen naar 'Lotus', een gerenommeerd Chinees restaurant in de Binnen Bantammerstraat. Daar had hij hen plaats laten nemen aan een kleine tafel met een fraai wollen Dessokleedje bij het raam.
Achteraf had hij het toch niet zo geschikt gevonden om het gesprek met Dorethea van Hellendoorn in het kantoorvertrek van haar vader voort te zetten. De dikke plas geronnen bloed op het mahoniehouten bureau vormde, zo vond hij, een te gruwelijk getuigenis van een kille moord... want dat was het in zijn ogen... een koele liquidatie zonder enig erbarmen uitgevoerd.
De Cock bestelde voor ieder koffie. Toen de kelner de bestelling had gebracht, richtte hij zijn blik op Dorethea van Hellendoorn, die naast Vledder tegenover hem aan het tafeltje zat. Ze had haar make-up enigszins op orde gebracht en er lag weer wat kleur op haar wangen.
'Brain Trust,' opende de oude rechercheur. 'Wat weet u van Brain Trust?'
Dorethea van Hellendoorn roerde in haar kopje.
'Een club... een club van geleerde mensen... geleerden op velerlei gebied. Het was een idee van vader. Hij vond dat wetenschappers vaak te veel op een eilandje leven en alleen gezaghebbend zijn op hun eigen vakgebied... zich in een te enge kring bewegen.'
De Cock knikte begrijpend.
'En dat vond jouw vader niet juist?'
Dorethea van Hellendoorn schudde haar hoofd.

* Tot het gereedschap van een dactyloscoop behoren een dasseharen kwast en aluminiumpoeder.

’Vader was van mening dat op die manier... maatschappelijk gezien... veel kennis verloren ging... althans onbenut bleef.’
De Cock gebaarde in haar richting.
’Daar wilde hij verandering in aanbrengen?’
Dorethea van Hellendoorn knikte nadrukkelijk.
’Omdat vader zich met toegepaste natuurwetenschappen bezighield, kwam hij veel in contact met het bedrijfsleven en ontdekte, dat daar een groeiende behoefte was aan informatie... dat het management van vele bedrijven niet wist op welke wijze en in welke richting men grenzen kon verleggen.’ Er danste een glimlach om haar mond. ’Vader was geen wetenschapper die zich opsloot in een ivoren toren. Hij had ook een soort zakelijk instinct en vond het vergaren van bezit geen besmette bezigheid.’
’Een zakenman?’
’Zeker.’
’Een geboren leider?’
’Ook dat.’
’Brain Trust stond onder zijn bewind?’
’Zo mag u dat stellen.’
De Cock streek met zijn pink over de rug van zijn neus.
’Het kantoor van uw vader aan de Binnenkant is maar klein. Hoe werkte Brain Trust?’
Dorethea van Hellendoorn antwoordde niet direct. Ze nam een slok van haar koffie. Daarna leunde ze iets naar voren. ’Als vader een opdracht had,’ verklaarde ze geduldig, ’dan belegde hij een vergadering. Daarin bracht hij het probleem ter sprake en verzocht de heren vanuit hun eigen wetenschappelijke visie daarop te reageren.’ Ze spreidde haar beide handen. ’Vader bracht mensen samen, coördineerde kennis en maakte die te gelde.’
De Cock glimlachte.
’En welk aandeel kregen de anderen voor... eh, voor hun... inbreng?’
Dorethea van Hellendoorn trok haar schouders op.
’Ik weet niet welke verdeelsleutel vader hanteerde,’ antwoordde ze bedachtzaam. ’Daar... daar hebben we nooit over gesproken.’
De Cock beluisterde enige wrevel. De oude rechercheur plukte aan zijn onderlip.
’Kent u alle lieden... geleerden... wetenschappers, die uw vader in zijn Brain Trust had samengebracht?’

Het meisje schudde haar hoofd.
'Er was een vaste kern,' legde ze uit, 'maar verder wisselde de samenstelling van de groep al naargelang het probleem.'
De Cock boog zich naar haar toe.
'Die vaste kern?'
Dorethea van Hellendoorn verschoof iets op haar stoel.
De vraagstelling maakte haar zichtbaar onrustig.
'Daar weet ik niet veel van,' sprak ze onzeker. 'Ik... eh, ik heb van die kern eens twee heren ontmoet... een paar maanden geleden... in het kantoor van vader. Dat waren de professoren Van Wateringen en Van Haastricht. Maar vraag mij niet wat zij deden... op welk vakgebied zij opereerden.'
De Cock leunde in zijn stoel achterover. Ontspannen. Het onderwerp Brain Trust liet hij rusten.
'Wat gaat u verder doen?' vroeg hij vriendelijk.
De jonge vrouw zuchtte.
'Terug naar Enschede, naar de campus. Mijn studie afmaken.'
De Cock glimlachte.
'Dat begrijp ik. Maar er zal nu toch... in verband met de dood van uw vader... eerst het een en ander moeten worden geregeld. De begrafenis... de afwikkeling van de boedel... de...' De oude rechercheur maakte zijn zin niet af.
Het gezicht van Dorethea van Hellendoorn versomberde en verstarde tot een masker. Haar helgroene ogen vonkten kwaadaardig.
'Ik wil haar niet zien,' sprak ze scherp. 'Ik wil geen confrontatie met haar. Onder geen beding. Laat zij alles maar regelen.'
'Uw moeder?'
Dorethea van Hellendoorn knikte heftig.
'En dan hoop ik innig,' sprak ze bitter, 'dat ze aan de rand van zijn graf van wroeging sterft.'

4

Toen Vledder in het politiebureau aan de Warmoesstraat de grote recherchekamer binnenstapte, keek De Cock vragend naar hem op.
'Heb je haar netjes naar de trein gebracht?'
De jonge rechercheur knikte.
'Heel netjes.' Hij maakte glimlachend een weids gebaar. 'Pal aan haar zijde... lopend door Amsterdams misdadige binnenstad... als een waakzame en strijdbare chaperon langs vuige verkrachters, sluwe tasjesdieven en loerende zakkenrollers.'
De Cock lachte om de gezwollen toon.
'Moest ze nog een kaartje kopen?' vroeg hij nuchter.
Vledder schudde zijn hoofd.
'Ze had een dagretour eerste klas Hengelo – Amsterdam. Dat heeft ze mij laten zien.'
De Cock fronste zijn wenkbrauwen.
'Vroeg je erom?'
'Nee. Ze deed het spontaan... uit eigen beweging. Ze haalde het uit een zak van haar jack. Het was wat verkreukeld. "Kijk," zei ze, "dat is goedkoper dan twee keer een enkele reis".'
'Het kaartje droeg de datum van vandaag?'
'Ja.'
'En toen?'
Vledder maakte een schouderbeweging.
'In een verder lege coupé heb ik nog enige minuten tegenover haar gezeten tot de trein vertrok.'
'Heeft ze nog iets gezegd?'
Vledder liet zich in de stoel achter zijn bureau zakken. 'Ik... eh, ik vond haar opvallend kalm,' sprak hij weifelend. 'Ongewoon na zo'n toch gruwelijke ervaring. Het was alsof ze de gewelddadige dood van haar vader nu al had verwerkt. "Ik kom niet meer in Amsterdam terug," zei ze. "Ik ga beslist niet naar zijn begrafenis. Ik wil mijn moeder nooit meer zien en van vader heb ik al voor eeuwig afscheid genomen".'
De Cock schudde afkeurend zijn hoofd.
'Dat is niet goed,' sprak hij somber. 'Zo snel, zo abrupt mag men emoties niet verdringen. Dat geeft later toch problemen en lange naweeën.'

Vledder haalde zijn schouders op.
'Ik wist ook niet hoe ik haar moest opvangen,' sprak hij zuchtend. 'Ik heb oprecht geprobeerd om haar te troosten, maar ze sloot zich volkomen af voor elk blijk van medeleven of begrip. Toen ik bij het afscheid in de trein tegen haar zei, dat de mogelijkheid bestond dat wij in verband met ons onderzoek haar nog eens zouden willen benaderen, antwoordde ze heel rustig en gelaten, dat ze wel bereid was om ons beiden op de campus van de universiteit te ontvangen.'
De Cock grinnikte.
'Toch aardig.'
Vledder knikte.
'Geloof me,' sprak hij lachend, 'dat zei ze in alle ernst. "Na de dood van mijn vader heb ik in Amsterdam niets meer te zoeken".'
De Cock wreef zich achter in zijn nek.
'Dorethea van Hellendoorn,' sprak hij hoofdschuddend, 'is nog niet van ons af.'
Vledder keek hem verrast aan.
'Hoe... eh, hoe bedoel je dat?' vroeg hij verward. 'Verdenk je haar? Denk je dat Dorethea van Hellendoorn zelf iets met de gewelddadige dood van haar vader te maken heeft?'
'Ik wil toch haar alibi wel natrekken.'
Vledder fronste zijn wenkbrauwen.
'Haar alibi?' vroeg hij niet-begrijpend.
'Ja.'
'Voor wanneer?'
'Woensdagavond.'
'Gisteravond?'
In Vledders stem klonk ongeloof.
De Cock knikte nadrukkelijk.
'Jij was er vanmorgen niet bij. Maar de lijkstijfheid was algemeen. Toen op verzoek van dokter Den Koninghe de broeders van de geneeskundige dienst Hermanus van Hellendoorn uit zijn bureaustoel tilden en op de vloer legden, vormde zijn bovenlijf met zijn onder- en bovenbenen een omgekeerde Z-houding. Die algehele lijkstijfheid wordt eerst zo'n zes tot acht uur na de dood bereikt. Dat betekent, dat Hermanus van Hellendoorn vrijwel zeker gisteravond, dus woensdagavond, werd vermoord.'
Vledder kneep zijn ogen half dicht.
'Dan zou Dorethea van Hellendoorn gisteravond na haar daad naar

de campus van de universiteit terug zijn gereisd om vanmorgen opnieuw naar Amsterdam te komen om ons aan de Warmoesstraat te vertellen, dat haar vader zal worden vermoord... waarna ze zelf de moord ontdekt.' De jonge rechercheur maakte een grimas. 'Dat is knap geraffineerd.'
De Cock spreidde zijn beide handen.
'Onmogelijk?'
Vledder schudde zijn hoofd.
'Zeker niet. Maar daar is toch flink wat koelbloedigheid voor nodig.'
'En die acht je bij haar niet aanwezig?'
Vledder trok een bedenkelijk gezicht.
'Ze is nog zo jong.'
De Cock negeerde de opmerking. De grijze speurder vouwde zijn handen en boog zich iets naar voren.
'Wat mij zo intrigeert,' sprak hij wrevelig, 'is het beeld dat zij van haar vader schetst. Dat klopt van geen kant.'
'Hoezo?'
De Cock pakte een notitie uit de lade van zijn bureau.
'Ik heb het opgeschreven.' De oude rechercheur legde zijn aantekeningen voor zich neer. 'Vader, zo zegt Dorethea van Hellendoorn, is een in zichzelf gekeerd man, die volkomen opgaat in zijn werk. Zacht, sensibel, maar volkomen blind voor de dingen om zich heen. Ook zegt ze: in relatie tot mensen is vader niet zo sterk. Erg terughoudend. Ik denk, dat hij voortdurend bang is om gekwetst te worden.'
Vledder keek hem niet-begrijpend aan.
'Zulke mensen zijn er toch? Ik vind het een vrij redelijke karakterbeschrijving.'
De Cock schudde zijn hoofd.
'Als wij na het ontdekken van de moord in restaurant Lotus aan de Binnen Bantammerstraat Brain Trust ter sprake brengen, is diezelfde vader plotseling een heel andere man. Dorethea van Hellendoorn zegt dan van hem... geen wetenschapper die zich opsloot in een ivoren toren. Vader had een zakelijk instinct en vond het vergaren van bezit geen besmette bezigheid. Die zachte, terughoudende, sensibele, in zichzelf gekeerde Hermanus van Hellendoorn, die voortdurend bang was om gekwetst te worden, een man die volkomen blind was voor de dingen om zich heen... had vele con-

tacten met het bedrijfsleven, kwam op het fantastische idee van een Brain Trust, belegde vergaderingen, bracht wetenschappers samen, coördineerde kennis... maakte die te gelde... was een zakenman en een geboren leider.' De grijze speurder legde zijn notitie terug in de lade van zijn bureau en keek op.
'Beste Dick Vledder, dat zijn volgens mij twee totaal van elkaar verschillende mensen.'
De jonge rechercheur gebaarde voor zich uit.
'Misschien was die Hermanus van Hellendoorn wel een soort luipaardmens... geestelijk gevlekt... een man die zich steeds anders voordeed. Ik heb wel eens gelezen dat er dergelijke mensen bestaan... mensen met een gespleten persoonlijkheid, die...'
De telefoon op het bureau van De Cock rinkelde. Vledder maakte zijn zin niet af. Hij pakte de hoorn van het toestel en luisterde. Na luttele seconden legde hij de hoorn op het toestel terug.
De Cock keek hem aan.
'Wie was dat?'
Vledder wees met zijn vinger naar de vloer.
'De wachtcommandant... Jan Kusters. Beneden voor de balie staat een vrouw, die dringend de hulp van de recherche inroept.'
De Cock strekte een open hand naar hem uit.
'Waarvoor?'
Vledder zuchtte.
'Ze zegt dat haar man gisteravond niet is thuisgekomen... hij heeft niet thuis geslapen. Dat was volgens haar nog nooit eerder voorgekomen. Ze heeft vanmorgen zijn kantoor gebeld, maar de telefoon wordt niet opgenomen. Ze is nu bang dat er iets ernstigs met haar man is gebeurd.'
De Cock kneep zijn ogen half dicht.
'Hoe heet die vrouw?'
Vledder trok zijn gezicht strak.
'Sybille... Sybille van Hellendoorn.'

De Cock keek gespannen toe hoe de vrouw vanaf de deur naar zijn bureau schreed. Kalm, waardig, met een iets ingehouden tred. Ze droeg een felrood, fraai gesneden mantelpakje van een losse tweed, dat haar slanke figuur accentueerde. Lang, goudblond haar golfde tot op haar schouders.
De grijze speurder schatte haar achter in de dertig, maar besefte, dat

het raffinement van haar kleding en haar make-up de waarde van zijn schatting stellig beïnvloedde. Maar van één ding was de oude rechercheur overtuigd... Sybille van Hellendoorn was een aantrekkelijk vrouw... een opmerkelijke en dominante verschijning.
Eerst toen ze pal naast zijn bureau stond, kwam De Cock traag uit zijn stoel overeind. Het was een pose om aan te geven dat hij niet onder de indruk was.
Sybille van Hellendoorn keek hem aan. Koel, hooghartig. Ze had, zo stelde de oude rechercheur vast, dezelfde helgroene ogen als haar dochter.
'U bent rechercheur De Cock?'
De grijze speurder knikte.
'De Cock... eh, De Cock met ceeooceekaa,' antwoordde hij kalm. 'Ik stel er prijs op, dat mijn naam goed wordt gespeld.' Hij zweeg even voor het effect. 'Waarmee zou ik u van dienst kunnen zijn?'
In de helgroene ogen van de vrouw glom verwondering.
'Heeft die politieman beneden u dan niet ingelicht?' vroeg ze hautain. 'Ik heb toch gehoord wat hij door de telefoon heeft gezegd.'
De Cock veranderde van tactiek. Hij schonk haar een glimlach en gebaarde hoffelijk naar de stoel naast zijn bureau. 'U bent Sybille van Hellendoorn,' opende hij vriendelijk, 'en u maakt zich zorgen over het welzijn van uw echtgenoot.'
'Exact.'
'Hebt u een bijzondere reden voor uw ongerustheid?'
Sybille van Hellendoorn reageerde geprikkeld.
'Herman is vannacht gewoon van huis weggebleven,' sprak ze snel. 'Dat is voor het eerst sinds ons huwelijk.'
'Bent u al lang getrouwd?'
'Ruim twintig jaar.'
'Onenigheid?'
'Met wie?'
'Tussen u beiden?'
Sybille van Hellendoorn schudde haar hoofd.
'Zeker niet. Herman en ik hebben... dat mag ik wel zeggen... een harmonisch huwelijk... met uiteraard ruimte voor een persoonlijke ontplooiing.'
De Cock vouwde zijn handen.
'Een andere vrouw?'
'Herman?'

'Ja.'
Om de mond van Sybille van Hellendoorn gleed een medelijdend, smadelijk lachje.
'Onzin,' reageerde ze luchtig. 'Er moet iets met hem zijn gebeurd. En ik wil dat u dat onderzoekt.'
De Cock knikte traag voor zich uit.
'U bent al op zijn kantoor geweest?'
Sybille van Hellendoorn schudde haar hoofd.
'Ik heb gebeld... een paar maal. De telefoon wordt niet opgenomen.'
'Waar woont u privé?'
'Aan de Zuidelijke Wandelweg... dichtbij de Amstel.'
De Cock gebaarde in haar richting.
'Is het niet mogelijk, dat uw man plotseling op reis is gegaan... voor zaken... familiebezoek?'
Sybille van Hellendoorn schudde opnieuw haar hoofd. Feller. 'Dan had Herman mij dat verteld... was ik met hem meegegaan. Herman gaat nooit alleen ergens heen.'
De Cock wreef nadenkend over zijn brede kin. Zijn scherp verstand zocht een opening... een inleiding tot een droevige mededeling. Hij vond die in de verleden tijd.
'Had... eh, had uw man vijanden?'
Sybille van Hellendoorn keek hem wantrouwend aan.
'Waarom vraagt u dat?'
De Cock boog zich iets naar voren en lette scherp op haar reactie.
'Omdat... eh, omdat,' sprak hij weifelend, 'wij uw man vanmorgen dood in zijn bureaustoel hebben aangetroffen.'
Haar ogen werden groot en haar mond zakte half open.
'Dood?'
De Cock knikte met langzame hoofdbewegingen.
'Vermoord.'
Sybille van Hellendoorn sloot haar ogen. Haar lichaam wiegelde op haar stoel en haar armen hingen slap naar beneden. Traag gleed haar handtasje van haar schoot op de vloer.
Vledder kwam uit zijn stoel overeind en rende geschrokken toe. De jonge rechercheur hield haar vast en keek De Cock verwijtend aan.
'Kon het niet anders?' siste hij tussen zijn tanden.
De grijze speurder reageerde niet. Scherp analyserend, uiterlijk onbewogen, volgde hij de reacties van Sybille van Hellendoorn. Om

onverklaarbare redenen ontbraken bij hem gevoelens van medelijden... van medeleven. De vrouw was hem niet sympathiek. Integendeel... er was iets aan die mooie Sybille van Hellendoorn... aan haar optreden, haar verschijning, haar dominerend gedrag... dat hem tegenstond... waarvan hij gruwde.
De Cock hield zijn onderzoekende blik onafgebroken op Sybille van Hellendoorn gericht. Hij trachtte zijn gevoelens van afkeer voor de vrouw te toetsen aan zijn verstand. Het lukte niet. Zijn gevoelens lieten zich verstandelijk niet onderbouwen. Ze bleven ongerijmd en ongegrond.
Maar langzaam groeide in de oude rechercheur begrip voor de haat die dochter Dorethea jegens haar moeder koesterde.
Sybille van Hellendoorn deed haar ogen open. Ze waren droog en schenen nog heller groen dan voorheen. Haar korte blik naar De Cock was koel en om haar mond lag een wrange trek. Met bruuske bewegingen duwde ze Vledder van zich af.
'U kunt mij loslaten,' sprak ze scherp. 'Ik ben er weer.'
De Cock vroeg zich af of ze werkelijk enige seconden buiten bewustzijn was geweest. Het ergerde hem dat hij dat niet goed kon doorzien. De kleur van haar gelaat was door haar zware make-up niet waarneembaar.
Sybille van Hellendoorn bukte zich en raapte haar tasje van de vloer. Daarna keek ze naar De Cock op.
'Herman is dood?'
'Ja.'
'Vermoord?'
'Inderdaad.'
'Hoe?'
De Cock weifelde even. De oude rechercheur vroeg zich af hoe openhartig hij kon zijn. 'Iemand... eh, iemand joeg hem een paar kogels in zijn borst.'
De blik van Sybille van Hellendoorn vernauwde.
'En dat wist u al,' sprak ze scherp, 'op het moment dat ik hier binnenkwam?'
De Cock knikte gelaten.
'Dat wist ik, ja.'
De vrouw klemde haar lippen op elkaar.
'En toch stelt u mij een reeks onzinnige vragen... of er redenen bestonden voor mijn ongerustheid... hoe lang ik was getrouwd... of

ik onenigheid had met mijn man... of er een andere vrouw in het spel was... of mijn man misschien op reis was.' Haar stem droop van puur sarcasme. 'En dat terwijl u al lang wist dat Herman was vermoord.'
De Cock reageerde niet direct. Hij keek haar secondenlang strak aan. Zijn breed gezicht was een stalen masker, waarop geen enkele emotie trilde. Het sarcasme van de mooie Sybille van Hellendoorn verbaasde de grijze speurder niet. Hij had totaal geen moeite met haar felle reactie. Haar repliek beantwoordde volkomen aan het verwachtingspatroon dat hij zich tijdens het onderhoud van haar had gevormd.
De oude rechercheur zette voorzichtig zijn beide ellebogen op het blad van zijn bureau en vouwde zijn handen.
'Mevrouw Van Hellendoorn,' sprak hij kalm, bijna plechtig, 'het was mijn plicht om u in te lichten omtrent het lot van uw man. Aan die verplichting heb ik inmiddels voldaan. Mocht u bezwaren hebben tegen het moment dat ik daarvoor koos, dan spijt mij dat.'
Hij zweeg even en veranderde van toon.
'U moet bedenken, dat het als rechercheur ook mijn zaak is om de moordenaar of moordenares van uw man op te sporen. En daartoe diende mede die reeks... naar uw gevoelen... onzinnige vragen.'
Sybille van Hellendoorn schonk hem een spottend lachje.
'U verdenkt mij... van moord op mijn man?'
De Cock ademde diep.
'Ik zoek naar het "waarom" van de moord op uw man... naar een motief.' De grijze speurder keek naar haar op. 'Hebt u zo'n motief?'
'Belachelijk.'
De Cock reageerde onbewogen.
'Hebt u een motief voor de moord op uw man?' drong hij aan.
Sybille van Hellendoorn stak vertwijfeld haar beide handen omhoog.
'Wat moet ik? Moet ik hier echt op antwoorden?'
'Ja of nee.'
Sybille van Hellendoorn schudde haar hoofd.
'Natuurlijk heb ik geen motief voor de moord op mijn man. Dat is dwaasheid.'
De Cock schonk haar een milde glimlach.
'Waar was u gisteravond?'
Sybille van Hellendoorn toonde enige verwarring.

'Gisteravond?'
De Cock knikte.
'Woensdag.'
De blik van de vrouw verhelderde.
'Woensdag... Woensdagavond... dat is mijn bridgeavond. Dan speel ik bridge met een paar dames.'
'Zo ook gisteravond?'
Sybille van Hellendoorn knikte heftig.
'De dames zullen u dat zeker willen bevestigen.'

5

Vledder gebaarde achter zich naar de deur van de grote recherchekamer. Op het gezicht van de jonge rechercheur lag een uitdrukking van opperste verbazing. 'Je hebt haar laten gaan,' riep hij verwijtend. 'Je hebt haar gewoon laten gaan.'
De Cock keek naar hem op.
'Wat had ik dan moeten doen?' vroeg hij verongelijkt. 'Had ik Sybille van Hellendoorn moeten arresteren als verdacht van moord op haar man?'
Vledder zuchtte omstandig.
'Je had haar in ieder geval kunnen zeggen, dat haar dochter Dorethea er van overtuigd is, dat zij die moord op haar geweten heeft.'
De Cock schudde zijn hoofd.
'Ik heb er bewust over gezwegen,' reageerde hij wat vermoeid. 'Je moet tegenstellingen tussen mensen niet aanscherpen. Zeker niet in een verhouding moeder-dochter.'
Vledder grijnsde.
'Dacht jij, dat er nog een verzoening tussen die twee mogelijk is?'
De Cock trok zijn schouders op.
'Ik kan niet in de toekomst zien.' De oude rechercheur zweeg even. 'Het is mij inmiddels wel duidelijk geworden,' ging hij verder, 'wat de oorzaak van die tegenstelling is. Sybille van Hellendoorn is een dominante figuur... te indringend naar mijn gevoel... te heerszuchtig... een vrouw, die een ieder aan zich ondergeschikt wil maken. Ik ben er van overtuigd, dat dochter Dorethea altijd sterk onder haar juk heeft geleden.'
'Vandaar die haat jegens haar moeder?'
De Cock knikte.
'Ik betrapte mijzelf erop, dat het gedrag van Sybille van Hellendoorn mij op een bepaald moment mateloos irriteerde... dat ik een hekel aan haar kreeg. Ik heb geprobeerd dat zo snel mogelijk van mij af te zetten. Je mag als rechercheur dergelijke gevoelens nooit laten meespelen.'
Vledder glimlachte fijntjes.
'Ik vond anders de manier waarop jij Sybille van Hellendoorn duidelijk maakte dat haar man was vermoord, niet bepaald zachtzinnig.'
'Ik was benieuwd naar haar reactie op dat bericht. Daarom koos ik

voor een schokeffect.' De grijze speurder maakte een verontschuldigend gebaar. 'Die ernstige beschuldiging van dochter Dorethea hing daarbij toch in mijn gedachten.'
'En?'
'Wat bedoel je?'
'Blijft er nog iets over van die beschuldiging?'
De Cock schoof zijn onderlip naar voren.
'Als de dames van de bridgeclub haar alibi bevestigen,' antwoordde hij achteloos, 'kunnen we haar als verdachte schrappen.'
'Wil je dat vanavond nog doen?'
'Wat... haar alibi natrekken?'
'Ja.'
De Cock schudde zijn hoofd. Hij kwam traag uit zijn stoel overeind en sjokte in zijn zo typische slenterpas naar de kapstok.
Vledder kwam hem na.
'Waar ga je heen?'
De Cock plooide zijn gezicht in een milde grijns.
'Naar de Barndesteeg... naar het intieme etablissement van mijn dierbare vriend Smalle Lowietje. Begrijp je... mijn droge keel dorst naar een cognackie.'

Lowietje, wegens zijn geringe borstomvang in het wereldje van de penoze meest Smalle Lowietje genoemd, wreef zijn handjes langs zijn morsig vest en begroette de grijze speurder uitbundig.
'Welkom, welkom,' kirde hij. 'Een tijd niet gezien. Ik ben echt blij dat ik je weer gezond van lijf en leden voor mij zie.'
In zijn stem trilde oprechte bezorgdheid.
De Cock keek hem verwonderd aan.
'Hoezo?'
Smalle Lowietje gebaarde achteloos.
'Ik houd in de buurt soms mijn hart vast,' sprak hij hoofdschuddend. 'Er lopen tegenwoordig zoveel van die schreeuwerige jongens openlijk met een blaffer tussen hun broekriem rond, dat ik mij er over verbaas, dat er niet voortdurend op elke hoek van de straat een lijk ligt... lekgeschoten. Geloof me, Amsterdam kent tegenwoordig meer revolverhelden dan het Wilde Westen van Amerika ooit heeft opgeleverd.'
De Cock lachte hartelijk.
'Volgens mij overdrijf je schromelijk.'

Lowie bracht met een theatraal gebaar zijn rechterhand voor zijn smalle borst. 'Ik bezweer het je,' sprak hij ernstig, 'het loopt de spuigaten uit.'
De Cock slenterde naar het einde van de bar en hees zich op zijn vertrouwde plekje op een kruk. Vledder nam lenig naast hem plaats. De tengere caféhouder liep achter de bar mee en keek De Cock nog eens aan. De ernstige uitdrukking op zijn gezicht vergleed. Zijn vriendelijk muizensmoeltje glom weer van genegenheid.
'Hetzelfde recept?'
Zonder op antwoord te wachten, dook hij aalglad onder de tapkast en kwam boven met een fles pure Franse cognac Napoleon, die hij speciaal voor de oude rechercheur gereserveerd hield. Met een liefdevol gebaar beroerde hij het etiket, zette diepbolle glazen op de bar en schonk behoedzaam in.
De Cock keek glimlachend toe. Hij hield van die momenten. Hij nam het glas op, schommelde het zachtjes in zijn hand en snoof. Op zijn breed gezicht vol groeven verscheen een glans van opperste verrukking. Omzichtig nam hij een slok en liet het vocht genietend door zijn dorstige keel glijden.
De oude rechercheur zette zijn glas neer en boog zich over de bar naar Lowie. 'Heb jij wel eens van Brain Trust gehoord?'
Smalle Lowietje knikte.
'Dat is een groepje exclusieve geleerden, die een zekere Van Hellendoorn om zich heen heeft verzameld.' De caféhouder duimde over zijn schouder. 'Hij heeft zijn kantoor hier niet ver vandaan... aan de Binnenkant, vlak bij de Montelbaanstoren.'
De Cock keek hem verrast aan.
'Is dat zo algemeen bekend?'
Smalle Lowietje maakte een schouderbeweging.
'Als caféhouder hoor je nog eens wat,' sprak hij achteloos. 'Die man schijnt zich serieus met uitvindingen bezig te houden.'
De Cock trok zijn gezicht strak.
'Hij is dood.'
'Wie?'
'Die Van Hellendoorn.'
'Dood?'
De Cock knikte.
'Vermoord in zijn kantoor.'
De mond van Smalle Lowietje viel halfopen.

'Heeft... heeft hij het toch gedaan?' stamelde hij.
De Cock boog zich nog verder naar voren.
'Wie?'
'Mooie Karel... hij zei dat hij het zou doen.'

De beide rechercheurs verlieten het café van Smalle Lowietje en slenterden vanaf de Barndesteeg over de Achterburgwal. Het schemerde al een beetje. De avondlucht was kil. Ondanks een stromende regen heerste er drukte op de Wallen. Een leger van behoeftigen sjokte langs de etalages, waarin een bonte mengeling aan hoertjes in het milde rosse licht zat te lonken. Ze waren er in alle kleuren, leeftijden en variëteiten. Van piepjong tot bejaard... van puur blank tot diepzwart en alles daar tussenin.
De Cock ging achteloos aan de drukte voorbij. Hij trok de kraag van zijn oude regenjas omhoog en schoof zijn hoedje iets naar voren. Zo nu en dan wuifde hij joviaal naar een hoer die hij kende.
Vledder keek hem van terzijde aan.
'Wat doen we met het verhaal van Smalle Lowietje?'
De Cock glimlachte.
'Een mooi verhaal... laten we het voor alle duidelijkheid eerst even recapituleren.' De oude rechercheur schraapte zijn keel. 'Charles Carrousel,' begon hij op een declamatietoontje, 'een vroegere penozejongen, in de buurt om zijn fraai uiterlijk beter bekend als Mooie Karel of... met verwijzing naar zijn naam Carrousel... Kareltje Draaikont... trouwde een jaar of tien geleden met een rijke, intelligente, maar veel oudere vrouw. Die vrouw is inmiddels overleden en daar heeft Mooie Karel een aardige cent aan overgehouden. Dat geeft hem de mogelijkheid om zich in betere kringen te bewegen. Dat doet hij ook, maar toch kan hij zijn oude buurtje niet vergeten. Vrij regelmatig zoekt hij nog contact met zijn oude penoze-makkers.'
Vledder grijnsde.
'Enige tijd geleden,' nam de jonge rechercheur over, 'heeft Mooie Karel een nieuwe verovering gemaakt... ene Sybille... Sybille van Hellendoorn, die graag met hem wil trouwen, maar haar man weigert halsstarrig in een echtscheiding toe te stemmen... wat Mooie Karel in het café van Smalle Lowietje de kreet ontlokte: dan moet hij maar kapot.'
De Cock knikte instemmend.

'Dat was het.'
Vledder wuifde.
'Die Charles Carrousel is beslist de man met wie.. volgens onze Dorethea... haar moeder haar verdere leven wilde delen.' De jonge rechercheur blikte opnieuw opzij.
'Ken jij hem?'
'Mooie Karel?'
'Ja?'
De Cock knikte traag.
'Ik heb lang geleden eens iets met hem van doen gehad,' antwoordde hij peinzend. 'Ik weet het niet meer precies... ik dacht in verband met een kleine diefstal door middel van braak, waarvoor hij een paar maanden heeft gezeten. Ik herinner mij wel, dat de vrouwen in de buurt met hem wegliepen. Er waren genoeg hoertjes die er openlijk voor uitkwamen, dat ze voor Mooie Karel wel een tijdje achter het raam wilden gaan zitten.'
'Acht jij hem tot een moord in staat?'
De Cock grijnsde.
'Ik geloof nooit,' sprak hij hoofdschuddend, 'dat hij dat zelf zou doen. Mooie Karel brandt daar zijn handjes niet aan. Maar je weet wat Smalle Lowietje zegt... er lopen genoeg schreeuwerige jongens met blaffers tussen hun broekriem rond.'
'Die wel bereid zijn om... als het zo uitkomt... een paar grijpstuivers te verdienen.'
'Precies.'
Bij de Molensteeg liepen ze over de brug naar de Oude Kennissteeg en vandaar via het Oudekerksplein en de Enge Kerksteeg naar de Warmoesstraat.
Toen de beide rechercheurs de ruime hal van het oude politiebureau binnenstapten, wenkte Jan Kusters hen vanachter de balie.
De Cock nam zijn hoedje af, liet het regenwater uit de rand lopen en liep op de wachtcommandant toe.
'Wat is er?'
Jan Kusters stak zijn arm omhoog.
'Boven zit een man op je te wachten.'
'Wat voor een man?'
'Een heer.'
De Cock hield zijn hoofd scheef.
'En dat onderken jij direct?' vroeg hij met een zweem van ongeloof.

'Wat?'
'Dat die man een heer is.'
De wachtcommandant knikte.
'Hij is in ieder geval als een heer gekleed,' sprak hij knorrig, 'en dat zie je tegenwoordig niet veel meer. Al zijn ze over de zestig, dan kleden ze zich nog als een wilde tiener.'
De Cock reageerde niet. Hij liep van de balie weg en stormde opmerkelijk kwiek met twee treden tegelijk de trappen op. Vledder volgde in hetzelfde tempo.
Op de tweede etage, op de bank bij de deur naar de grote recherchekamer, zat een man met een paraplu. Toen hij de rechercheurs in het oog kreeg kwam hij overeind en liep statig op hen toe.
De Cock bleef staan en keek de man onderzoekend aan. De grijze speurder schatte hem achter in de veertig. Hij droeg een zeer gedistingeerde donkerblauwe gabardine regenjas, waaronder een opbollende witzijden sjaal. Grijs haar plukte aan beide zijden van zijn donkere Eden-hoed.
Om de mond van De Cock gleed een glimlach. Jan Kusters, vond hij, had gelijk. De man had inderdaad het voorkomen van een gentleman.
De heer nam zijn hoed af en maakte een stijve buiging in de richting van de grijze speurder.
'Bent u rechercheur De Cock met ceeooceekaa?'
De oude rechercheur knikte.
'U bent goed geïnformeerd,' antwoordde hij simpel.
De heer glimlachte beleefd.
'Sybille... ik bedoel mevrouw Van Hellendoorn, heeft mij ingelicht.' Hij boog opnieuw. 'Mijn naam is Harold... Harold van Haastricht. Ik heb begrepen dat u de moord op de heer Van Hellendoorn behandelt.'
De Cock reageerde niet direct. Hij bedacht, dat dochter Dorethea hem de naam Van Haastricht had genoemd als een van de kernleden van Brain Trust.
'Gaat u maar mee.' De oude rechercheur liep met een uitnodigend gebaar aan de heer Van Haastricht voorbij, opende de deur van de grote recherchekamer en liet de man op de stoel naast zijn bureau plaats nemen. Daarna hing hij zijn hoed en natte regenjas aan de kapstok, slenterde terug naar zijn bureau en liet zich in zijn stoel zakken.

'Mevrouw Van Hellendoorn stuurt u?' opende hij.

Harold van Haastricht glimlachte.

'Ik ben geen man die zich laat sturen, rechercheur,' antwoordde hij bedaard. 'Ik sta niet onder het bewind van Sybille.'

De Cock keek hem aan. Het woord 'bewind' had hem getroffen.

'Wie... eh,' vroeg hij aarzelend, 'wie staat wel onder haar bewind?'

Harold van Haastricht wuifde.

'Stond... Sybille had haar man volkomen in haar greep. Herman van Hellendoorn was een wetenschapsman, een wat wereldvreemde, maar beminnelijke geleerde. Een man die gruwde van zakelijk leiderschap.'

De Cock keek hem fronsend aan.

'Als ik goed ben geïnformeerd,' reageerde hij verwonderd, 'dan stichtte hij Brain Trust, belegde vergaderingen, bracht voor tal van projecten geleerden bijeen?'

Over het gezicht van Harold van Haastricht gleed een grijns.

'Omdat zij dat wilde. Sybille was het zakelijk brein achter Brain Trust. De oprichting van Brain Trust was haar idee... ter navolging van een groep geleerden, die de Amerikaanse president Roosevelt in de dertiger jaren om zich heen had verzameld. Sybille meende, dat het Nederlandse bedrijfsleven niet gericht genoeg opereerde... vaak was vastgeroest in starre, verouderde patronen. Volgens haar was er duidelijk behoefte aan een adviesorgaan, waarin kennis was gebundeld.'

'Brain Trust.'

'Inderdaad.'

'U was... bent lid van Brain Trust?'

Harold van Haastricht knikte.

'Van de oprichting af. Herman vertelde mij van het idee van zijn vrouw en vroeg of ik hem wilde bijstaan.'

'Wie zijn de andere vaste leden?'

Harold van Haastricht tastte even naar zijn voorhoofd.

'Winfred van Wateringen... al jaren een chemicus van wereldvermaardheid, en Leonardus van Ledeacker... een man van de biochemica.'

'En u?'

Harold van Haastricht lachte.

'Ik ben werktuigbouwkundige, maar in feite voor alles inzetbaar.'

De Cock knikte begrijpend.
'Had... eh, had Sybille van Hellendoorn een functie binnen Brain Trust?'
Harold van Haastricht bracht zijn beide handen naar voren. 'Officieel niet... bekleedde zij geen enkele functie. Maar middels Herman had Sybille toch wel een inbreng. Het was voor hem onmogelijk om zich geheel aan haar invloed te onttrekken.'
'Wilde hij dat?'
Harold van Haastricht schudde zijn hoofd.
'Ik heb daar nooit iets van gemerkt. Integendeel, hij luisterde naar haar adviezen. Volgens mij hield Herman zielsveel van zijn vrouw... ondanks alles.'
De Cock beluisterde de toon.
'Hebt u enig idee waarom iemand de heer Van Hellendoorn naar het leven stond?'
Harold van Haastricht liet zijn hoofd iets zakken. Met gespreide vingers wreef hij door zijn grijze haren.
'De dood van mijn vriend Herman heeft mij diep getroffen,' sprak hij zacht. 'En ik vrees, dat zijn plotseling overlijden voor velen verstrekkende gevolgen zal hebben.'
De Cock keek hem verward aan.
'Dat begrijp ik niet. Ik bedoel: wat voor ver-strek-ken-de gevolgen?'
Harold van Haastricht zuchtte.
'Wij waren er alle drie voor. Maar Herman hield het steeds tegen en omdat hij de enige van ons vieren was, die de gehele formule...'
De Cock onderbrak hem ongeduldig.
'Wat... wat hield de heer Van Hellendoorn tegen?'
Harold van Haastricht toonde voor het eerst enige onrust. Hij verschoof op zijn stoel en zijn paraplu kletterde uit zijn handen op de vloer. Toen hij de paraplu had opgeraapt, zag zijn gezicht rood en zijn neusvleugels trilden.
'Met Herman van Hellendoorn,' sprak hij weifelend, 'als animator... aan de basis lag een oorspronkelijk idee van hem... hebben wij van Brain Trust een project ontwikkeld... een formule... een hernieuwde toepassing van natuurkundige wetten... waardoor bij de huidige verbrandingsmotoren het brandstofgebruik tot meer dan vijfentwintig procent... dus een kwart... kan worden gereduceerd.'
De Cock keek hem met grote ogen aan.
'Is dat waar?'

In zijn stem trilde ongeloof.
'Zeker.'
De Cock toonde enthousiasme.
'Dat... eh, dat is toch fantastisch,' riep hij blij.
Harold van Haastricht knikte instemmend.
'Het is inderdaad een revolutionaire uitvinding, die een passend antwoord geeft op een wereldwijd dreigende schaarste aan energie... uitputting van de natuurlijke bronnen, waarvoor destijds de Club van Rome al heeft gewaarschuwd.'
De Cock kneep zijn ogen half samen.
'Wat wilde Van Hellendoorn dan niet?'
'De uitvinding wereldkundig maken.'
De Cock reageerde verbaasd.
'Waarom niet? Minder brandstofgebruik betekent toch ook minder uitlaatgassen... schonere lucht?'
Harold van Haastricht knikte.
'Inderdaad. U hebt gelijk... de uitvinding is een zegen voor het milieu.'
De Cock gebaarde heftig.
'Wat hield hem dan tegen?'
Harold van Haastricht zuchtte opnieuw.
'Van Hellendoorn... Van Hellendoorn was bang om vermoord te worden.'

6

De Cock nam een kleine pauze. De grijze speurder vroeg zich af hoe hij het verhoor zou voortzetten. Met een verholen blik keek hij naar de man naast zich. Harold van Haastricht was naar zijn mening een intelligent man, en na dochter Dorethea de tweede die hem vertelde dat Hermanus van Hellendoorn bang was om te worden vermoord... een moord, die inmiddels op een gruwelijke wijze was voltrokken. De oude rechercheur wreef zich over zijn kin.

'U zegt,' opende hij, 'dat de dood van uw vriend Herman u diep heeft getroffen.'

'Dat is waar. Het is zo'n kille confrontatie met de kortstondigheid van ons bestaan.'

De Cock keek hem ernstig aan.

'Die vriendschap van u voor de heer Van Hellendoorn, was die wederkerig? Ik bedoel, beschouwde hij u ook als zijn vriend?'

Harold van Haastricht knikte nadrukkelijk.

'Zeker. Er was sprake van een hechte band. Onze vriendschap dateert al van de tijd, dat wij beiden studeerden aan de Technische Hogeschool in Delft.' Er kwam een glimlach op zijn gezicht. 'We gingen ook samen op vrijersvoeten en onze vrouwen zijn weer vriendinnen van elkaar.'

De Cock gebaarde in zijn richting.

'U zegt, dat Herman van Hellendoorn bang was om te worden vermoord... ik neem aan, dat hij u van die angst heeft verteld?'

'Inderdaad.'

'Lang geleden?'

'Sinds onze discussies over het al dan niet wereldkundig maken van onze uitvinding.'

De Cock fronste zijn wenkbrauwen.

'Hield,' vroeg hij met enige weifeling, 'zijn angst verband met het al dan niet wereldkundig maken van die uitvinding?'

'Absoluut.'

De Cock boog zich naar hem toe.

'Hoe?' vroeg hij verbaasd. 'Wie zou hem dan moeten vermoorden?'

Harold van Haastricht antwoordde niet direct. Hij sloot even zijn ogen en leunde iets in zijn stoel achterover.

'Dit,' begon hij voorzichtig, aarzelend, 'is voor u als rechercheur

vermoedelijk een vreemde materie. En dat is u niet kwalijk te nemen. Maar ik kan u verzekeren dat uitvinders vaak grote risico's lopen. Vooral wanneer hun uitvinding voor anderen bedreigend is.'
'Kan dat?'
Harold van Haastricht reageerde emotioneel.
'Denkt u eens in... wereldwijd... een brandstofbesparing van een kwart... dat betekent bijvoorbeeld voor oliemaatschappijen een verkoopdaling van vijfentwintig procent. En dat is niet gering. Hetzelfde geldt voor olieproducerende landen.' Hij boog zich weer voorover. 'Denkt u echt, rechercheur, dat men blij is met onze uitvinding?'
De Cock was even met stomheid geslagen.
'Maar met zo'n uitvinding... zo'n fantastische uitvinding is toch een ieder gebaat? Al jaren wordt er door de overheid bij de bevolking op aangedrongen om vooral spaarzaam te zijn met energie... leerzame spotjes op de tv over isolatie... gesloten gordijnen.' De oude rechercheur schudde ongelovig zijn hoofd. 'En zo'n uitvinding zou niet welkom zijn?'
Harold van Haastricht schonk hem een meelijwekkend lachje.
'Gesteld,' antwoordde hij op een doceertoontje, 'dat een of andere farmaceutische onderneming na veel research en een miljoeneninvestering een kostbaar geneesmiddel tegen een bepaalde ernstige ziekte heeft ontwikkeld en op de markt gebracht... en korte tijd later komt iemand tot de ontdekking, dat het simpel innemen van bijvoorbeeld een lepel zuiveringszout een heilzamer uitwerking op de zieke heeft dan dat dure geneesmiddel... wat denkt u dan, dat er met die uitvinder gebeurt?'
De Cock grijnsde.
'Die krijgt de Nobelprijs voor scheikunde.'
Harold van Haastricht schudde zijn hoofd. Zijn gezicht zag rood.
'Dat is wel erg kortzichtig,' riep hij kwaad. 'Zelfs voor een rechercheur.'
De Cock lachte om de opmerking.
'Ik ben ook geen zakenman,' reageerde hij gnuivend.
Harold van Haastricht strekte in een wild gebaar zijn rechterarm uit.
'Ik zal u zeggen wat er gebeurt... van zo'n uitvinder wordt voor veel geld het "zwijgen" gekocht. En omdat dan toch altijd de kans bestaat, dat zo'n uitvinder later alsnog gaat spreken... of voor zijn uitvinding van een concurrerende farmaceutische onderneming een

nog aanlokkelijker aanbod krijgt... is het uiteindelijk veel eenvoudiger om...' Harold van Haastricht maakte zijn zin niet af. Vragend keek hij naar De Cock op.
De grijze speurder liet zijn hoofd iets zakken.
'... om er voor te zorgen,' vulde de oude rechercheur somber aan, 'dat zo'n uitvinder verder voor eeuwig zwijgt.'

Toen Harold van Haastricht was vertrokken, zijn voetstappen op de gang waren verklonken, viel er in de grote recherchekamer een hoorbare stilte. Aan het gebladderde plafond zoemde een defecte TL-buis en buiten in de regen krijste een hoertje een vervloeking en galmde een dronken sloeber op weg naar huis een droevig lied.
Het was Vledder, die de stilte verbrak.
'Wat denk jij?' vroeg hij hulpeloos.
De Cock maakte een schouderbeweging.
'Ik ben geschrokken,' antwoordde hij zacht.
Vledder stond op, pakte de stoel naast het bureau van De Cock en ging daar achterstevoren op zitten.
'Dit werpt toch een heel ander licht op de noodbrief, die Van Hellendoorn aan zijn dochter op de campus schreef... en de beschuldiging, die Dorethea daar later aan koppelde.'
'Je bedoelt die beschuldiging aan het adres van haar moeder.'
Vledder knikte.
'Uit hetgeen Harold van Haastricht ons vertelde, moeten we toch concluderen, dat Hermanus van Hellendoorn geen vrees koesterde ten opzichte van zijn vrouw. Zijn angst hield verband met de uitvinding die hij had gedaan... de reactie van instellingen en ondernemingen, die door zijn uitvinding zouden worden benadeeld.'
De Cock schudde traag zijn hoofd. Op zijn breed gezicht lag een bedenkelijke trek. 'Er klopt iets niet,' sprak hij grimmig.
Vledder keek hem verrast aan.
'Wat klopt er niet?'
De Cock gebaarde heftig.
'De angst, die Hermanus van Hellendoorn zou hebben om de gevolgen van zijn uitvinding.'
Vledder spreidde zijn beide handen.
'Vind jij de uiteenzetting van Harold van Haastricht niet reëel?' vroeg hij verongelijkt. 'Acht je het onmogelijk, dat mensen omwille van hun uitvinding worden vermoord?'

De Cock gebaarde wat nonchalant.
'Ik heb daar geen zicht op. Ik zei het al: ik ben geen zakenman. Ik weet niet hoe scrupuleus men in die kringen handelt. Ik besef alleen, dat ik als rechercheur met een dergelijke mogelijkheid rekening moet houden.' De grijze speurder zweeg even en zuchtte diep. 'Maar het motief ontbreekt.'
Vledder keek hem niet-begrijpend aan.
'Er is toch een uitvinding?'
De Cock knikte.
'Maar wie weet dat... wie draagt kennis van die uitvinding?'
'De mensen van Brain Trust.'
De Cock knikte opnieuw.
'En verder? Weten grote oliemaatschappijen of machtige regeringen van olieproducerende landen, dat die Hermanus van Hellendoorn en zijn mensen in Amsterdam iets leuks op het gebied van energiebesparing hebben uitgevonden?'
Het klonk kleinerend.
'Vermoedelijk niet.'
De Cock grinnikte. 'Hoe kunnen die dan tot actie komen?'
Vledder keek hem met grote ogen aan.
'Je hebt gelijk. Die angst van Hermanus van Hellendoorn miste elke grond.'
De Cock schudde zijn hoofd. Zijn gezicht stond ernstig.
'Die angst was er,' sprak hij nadrukkelijk. 'Hermanus van Hellendoorn heeft wel degelijk een doodsdreiging gevoeld. En dat die dreiging wezenlijk was... bewijst zijn gruwelijke dood.'

De Cock stond van zijn stoel op en begon door de grote recherchekamer te stappen. De grijze speurder deed dat graag. In de cadans van zijn tred lieten zijn gedachten zich gemakkelijker ordenen. De zaak Hermanus van Hellendoorn intrigeerde hem. Hij had de stellige overtuiging, dat zijn tegenstander iemand was met grote geestelijke gaven, die misdadig werden aangewend. Een fenomeen, waarmee hij in de loop der jaren vertrouwd was geraakt. De oude rechercheur bedacht bitter, dat er veel meer inventiviteit en geestkracht werd gestoken in het kwade, dan in het goede.
Bij het bureau van Vledder bleef hij staan.
'Heb jij vanmorgen na het onderzoek het kantoor van de vermoorde Hermanus van Hellendoorn nog afgesloten en verzegeld?'

Vledder knikte overtuigend.
'Met touw en lak.'
'En de brandkast?'
Vledder stond van zijn stoel op, liep naar zijn bureau en pakte een bos sleutels uit een lade. 'Ik heb de brandkast op slot gedraaid en de sleutels meegenomen. De officier van justitie moet morgen maar zeggen of hij de zaak vrijgeeft, zodat ook die vieze bloedplas kan worden opgeruimd.'
De Cock staarde secondenlang wazig voor zich uit. Het mechanisme van zijn denken draaide ineens op volle toeren. Plotseling kwam hij in beweging en beende hij naar de kapstok.
Vledder kwam hem na.
'Wat ga je doen?'
De Cock draaide zich half om.
'Neem die bos sleutels mee.'
Vledder reageerde verward.
'Wat wil je dan?'
De Cock wurmde zich in zijn regenjas.
'Naar het kantoor van Van Hellendoorn. We halen die brandkast leeg.'
'Nu?'
De Cock knikte.
'Voor het te laat is.'

De beide rechercheurs stapten in en reden met hun nieuwe Golf van de spekgladde houten steiger achter het politiebureau naar de Oudebrugsteeg. Het regende nog steeds, fel, met door de wind gedreven vlagen. Op het Damrak spiegelden kleurrijke lichtreclames speels in het natte asfalt.
De Cock had er geen oog voor. De blik van de oude rechercheur werd als in een hypnose gevangen door een traag zwiepende ruitewisser in een boog van vettige strepen.
Vledder keek hem van terzijde aan.
'Wat wil je in vredesnaam met de inhoud van die brandkast doen?' vroeg hij geprikkeld.
De Cock brak zich uit de hypnose los.
'Overbrengen naar de brandkast op het hoofdbureau aan de Elandsgracht.'
Vledder grinnikte.

'Waarom... wat heeft dat voor zin... van de ene brandkast naar de andere?'
De Cock ademde diep.
'Dat is veiliger... de brandkast op het hoofdbureau wordt dag en nacht bewaakt.' De grijze speurder zweeg even met gesloten ogen. 'Ik realiseerde mij plotseling, dat ik tijdens het verhoor zo dom ben geweest om Harold van Haastricht te onderbreken.'
'Wanneer?'
De Cock zwaaide.
'Harold van Haastricht sprak over een formule... Van Hellendoorn zou, zo zei hij, de enige man van Brain Trust zijn, die de ge-he-le formule... en toen onderbrak ik hem.'
Vledder fronste zijn wenkbrauwen.
'Formule?'
De Cock knikte.
'Een of ander geschrift, waarin de gegevens van de uitvinding staan vermeld.'
Vledder keek hem van terzijde aan.
'Jij denkt,' vroeg hij verrast, 'dat die formule van de uitvinding in de brandkast van Van Hellendoorn was geborgen?'
De Cock knikte opnieuw.
'Ik wist vanmorgen nog niets van een formule af... anders had ik toen al de inhoud van de brandkast in beslag genomen.'
'Waarom?'
De Cock gebaarde ongeduldig.
'Om vast te stellen of het motief voor de moord op Van Hellendoorn verband houdt met zijn uitvinding. Als die formule tegelijk met zijn dood is verdwenen, dan kunnen we in alle redelijkheid aannemen, dat het de moordenaar om die formule was te doen.'
Vledder blikte op zijn horloge. De jonge rechercheur stelde vast, dat het al een kwartier na middernacht was. 'En dat moet nu nog gebeuren?'
'Wat bedoel je?'
Vledder snoof.
'Die brandkast van Van Hellendoorn leeghalen. Ben je bang dat die wegloopt?'
Het klonk spottend.
De Cock greep uit wanhoop even met zijn handen naar zijn hoofd. 'Die brandkast loopt niet weg, maar als er van die uitvinding per

ongeluk iets is uitgelekt... en iemand vannacht op het onzalige idee komt om die oude Lips even open te peuteren, dan kan ik niet meer nagaan of die formule er wel of niet was.'
Vledder zweeg mokkend.

Vanaf de Prins Hendrikkade reed de jonge rechercheur de Kalkmarkt op en parkeerde de Golf aan de Oude Schans bij de Montelbaanstoren. Ze stapten uit en sjokten naar de Binnenkant.
'Weet jij hoe zo'n formule eruitziet?'
De Cock schudde zijn hoofd.
'Geen flauw idee. Maar dat is geen probleem. We roepen die luitjes van Brain Trust bij elkaar, laten aan hen de inhoud van de brandkast zien en dan horen we wel of die formule er is of niet.'
Op de Binnenkant voor nummer 1714 bleven ze staan. Plotseling tastte Vledder naar zijn schouderholster en greep zijn pistool.
De Cock keek hem geschrokken aan.
'Wat is er?'
Vledder wees met het pistool in zijn hand naar de deur.
'De verzegeling is verbroken.'
'Had je die buitendeur afgesloten?'
Vledder knikte.
'De sleutel zat aan dezelfde bos.'
De Cock trok een vies gezicht en wuifde naar het pistool van Vledder. 'Doe eerst dat ding weg.' De oude rechercheur pakte zijn zaklantaarn en liet het licht langs de sponningen glijden. Bij het slot ontdekte hij een paar verse moeten in het hout. Voorzichtig drukte hij zijn linkerschouder naar voren. De deur gaf mee. Langzaam duwde hij hem verder open en ging naar binnen.
Vledder volgde. Het pistool was teruggestopt in zijn holster.
Voorzichtig drukte De Cock zijn negentig kilo langs de trap omhoog naar de eerste etage. Voor de deur naar het kantoor van Van Hellendoorn bleef hij even staan en luisterde. De hete adem van Vledder gleed achter langs zijn nek. Toen de jonge rechercheur zich naast de deur had geposteerd, gaf De Cock een ferme trap.
Met een knal klapte de deur open.
De Cock scheen naar binnen.
Bij de brandkast, een zware boormachine in zijn hand, stond een man. De grijze speurder liet het ovaal van zijn zaklantaarn over het verschrikte gezicht glijden.

Omzichtig stapte de oude rechercheur naderbij... een zoete glimlach op zijn breed gezicht.
'Mooie Karel,' grinnikte hij, 'die kast is voor jou net een maatje te groot.'

7

De rechercheurs namen Charles Carrousel, alias Mooie Karel, alias Kareltje Draaikont, tussen hen in en brachten hem snel uit het kantoor naar de Oude Schans.* Daar lieten ze hem achter in de tweedeurs Golf plaats nemen. Daarna stapten ze beiden voor in en Vledder reed de politieauto naar de Binnenkant tot voor de deur van nummer 1714. De jonge rechercheur grinnikte.
'Kunnen we het kantoor van wijlen Van Hellendoorn een beetje in de gaten houden... voor er nog meer gegadigden voor zijn brandkast komen.'
De Cock knikte begrijpend. Hij draaide zich half om en wees naar de zware boormachine, die naast Mooie Karel op de achterbank lag.
'Dacht je nu echt,' vroeg hij met een zweem van ongeloof, 'dat je met zo'n simpele boor die zware brandkast open kreeg?'
Mooie Karel knikte traag.
'Het kost wel even tijd,' antwoordde hij achteloos. 'Maar het lukt wel. Ik was van plan om het slot rondom uit te boren.' Met een diepe denkrimpel in zijn voorhoofd keek hij naar de oude rechercheur op. 'Ik ben mij zoëven wezenloos geschrokken, toen jullie plotseling dat kantoor binnenstormden. Wie heeft mij verraden?'
De Cock glimlachte.
'Kan dat?'
'Wat bedoel je?'
'Wist iemand, wat jij vanavond van plan was?'
Mooie Karel schudde zijn hoofd.
'Ik heb het niemand verteld.'
'Dat weet je zeker?'
'Absoluut.'
De Cock maakte een schouderbeweging.
'Hoe kan iemand je dan verraden?'
Mooie Karel zuchtte.
'Ik vind het wel erg toevallig, dat jullie precies komen binnenstappen op het moment dat ik daar bezig ben.' Hij hield zijn hoofd iets scheef. 'Word ik soms om een of andere reden gevolgd?'

* Politiegewoonte: de dader zo snel mogelijk van de plaats van het delict af te voeren.

'Hoe kom je daarbij?'
'Ik had zo het idee de laatste dagen.'
De Cock negeerde de opmerking.
'Wat dacht je in die brandkast te vinden?'
'Gegevens over een uitvinding.'
De Cock veinsde verbazing.
'Liggen die in die kast?'
Mooie Karel gebaarde achteloos.
'Dat vermoed ik.'
'En hoe kom je aan dat vermoeden?'
Mooie Karel leunde iets achterover.
'Ik heb al een paar maanden omgang met een knap wijf... leren kennen op zo'n kunstveiling... een gehaaide tante.' Hij tikte met een gekromde wijsvinger tegen de zijkant van zijn hoofd. 'Koppie, koppie... een beetje van mijn stand... als je begrijpt wat ik bedoel. Een tijdje geleden vertelde ze mij, dat haar man een soort geleerde was... een dorre, wat saaie man, die al heel veel patenten op zijn naam had staan en opnieuw bezig was met een opzienbarende uitvinding, die veel geld kon opleveren. Die man van haar heeft hier aan de Binnenkant zijn kantoor. Vanmiddag belde Sybille mij op en vertelde dat haar man in zijn kantoor was vermoord en dat wij dus binnen afzienbare tijd zouden kunnen trouwen.'
'Trouwen?'
'Ja.'
'Wilde zij dat?'
Mooie Karel grinnikte.
'Met elke vezel van haar mooie lijf.'
'En jij?'
Op het knappe gezicht van Mooie Karel verscheen een brede grijns. Zijn spierwitte tanden glansden in het schaarse licht van het binnenlampje. 'Ik dacht niet aan trouwen,' sprak hij hoofdschuddend. 'Ik dacht aan die uitvinding.'
De Cock plukte aan zijn onderlip.
'Dat zei je tegen haar?' vroeg hij onnozel.
Mooie Karel maakte een afwerend gebaar.
'Natuurlijk niet. Ik ben niet gek.' Hij zweeg even; een peinzende uitdrukking op zijn knap gezicht. 'Ik weet niet waarom die man van haar is vermoord. Daar heb ik geen kijk op. Maar het is heel goed mogelijk, dat zijn dood verband houdt met die belangrijke uitvin-

ding, waarmee hij bezig was. Toen dacht ik bij mijzelf: Karel, als iemand het de moeite waard vindt om voor die uitvinding een moord te plegen, dan kan het geen kwaad als jij ook eens in dat kantoor gaat neuzen.'
De Cock gebaarde in zijn richting.
'Enig idee wat je met zo'n uitvinding kan doen?'
Mooie Karel glimlachte.
'Je laat hier en daar iets los... doet een beetje geheimzinning... dan meldt zich wel iemand.'
De Cock knikte begrijpend.
'Wist je dat in het kantoor van Van Hellendoorn een brandkast stond?'
'Ja. Ik had hem zien staan.'
'Wanneer?'
'Een maand geleden, toen ik hier een babbel had met die Van Hellendoorn. Begrijp me goed; op zijn uitdrukkelijk verzoek. Hij wilde een openhartig gesprek... over mijn verhouding met zijn vrouw.'
De Cock keek hem strak aan.
'Hoe liep dat af?'
Mooie Karel lachte.
'Hij zei: rot op... nou ja, hij gebruikte andere woorden, maar daar kwam het op neer.'
'Hij wilde van geen scheiding weten?'
Mooie Karel schudde zijn hoofd.
'Die Van Hellendoorn bleek een ouderwets man... met ouderwetse begrippen over liefde... eeuwige trouw... huwelijken die in de hemel werden gesloten... en dat soort onzin meer.'
De puriteinse ziel van De Cock kreeg een knauw.
'Onzin?' vroeg hij scherp.
Mooie Karel keek hem enige ogenblikken schattend aan.
'Nou ja,' antwoordde hij sussend, 'voor mij dan... pure onzin.'
De Cock knikte traag voor zich uit.
'Het kwam er dus op neer,' vatte hij kort samen, 'dat die Van Hellendoorn zijn vrouw onder geen beding kwijt wilde.'
'Precies.'
De Cock liet de grillige accolades langs zijn mond vrolijk dansen.
'Toen dacht jij,' sprak hij spottend, 'dan moet hij maar kapot.'
Mooie Karel keek De Cock verrast aan.

'Rechercheur... je kent mij... al zo lang... het bezitten van een vrouw is mij toch geen moord waard?'

Toen De Cock de volgende morgen, na een korte maar verkwikkende nachtrust, de grote recherchekamer binnenstapte en zijn hoed missend naar de kapstok wierp, kwam Vledder van achter zijn bureau naar hem toe.
'Je bent laat.'
Het klonk bestraffend.
De Cock lachte.
'Mijn vrouw lag op de slip van mijn hemd.'
Vledder hield zijn hoofd scheef.
'Draag jij een hemd als je slaapt?' vroeg hij met een tikkeltje ongeloof.
'Ja.'
De jonge rechercheur grinnikte.
'Dat moet met jouw figuur een bespottelijk gezicht zijn.'
De Cock tuitte zijn lippen.
'Dat is het,' beaamde hij gemoedelijk. 'Ik heb staande voor de spiegel wel eens om mijzelf gelachen.'
Vledder keek toe hoe de oude rechercheur zijn regenjas uittrok en zijn hoedje van de vloer raapte. 'Ik heb er nog eens diep over nagedacht,' sprak hij op ernstige toon. 'Was het wel verstandig van ons om Mooie Karel gisteravond zo... zonder meer... te laten gaan... compleet met zijn boormachine?'
De Cock trok zijn schouders op.
'Wij hebben de inhoud van de kluis naar het hoofdbureau gebracht. En wat konden we Charles Carrousel ten laste leggen?' antwoordde hij achteloos. 'Een stuntelige poging tot diefstal door middel van braak. We hebben zeker twee dagen nodig om alles keurig in processen-verbaal vast te leggen... en dan stuurt de officier van justitie hem wegens cellengebrek de straat op.' De oude rechercheur gniffelde. 'Dat kan ik ook... zonder twee dagen te verliezen.'
Vledder schudde zijn hoofd.
'Ik denk, dat ze bij justitie een dergelijke overweging niet zullen accepteren.'
De Cock snoof.
'Het gaat ze ook niets aan. Laat justitie naar zijn eigen tekortkomingen kijken. Dan hebben ze voorlopig werk genoeg.' Er gleed een

glimlach over zijn breed gezicht. 'En elke rechercheur krijgt op den duur zo zijn geheimpjes.'
Vledder blikte op zijn horloge.
'Ik ga weg. Ik moet over een half uur op Westgaarde zijn voor de sectie.' De jonge rechercheur keek op. Zijn gezicht versomberde.
'Commissaris Buitendam heeft al een paar maal naar je gevraagd.'
'En?'
'Hij was poeslief.'
'Wat?'
Vledder knikte.
'Hij vroeg of jij bij hem wilde komen... als-het-je-gelegen-kwam.'

Commissaris Buitendam, de lange statige chef van het bekende politiebureau aan de Amsterdamse Warmoesstraat, wenkte met een slanke hand.
'Kom binnen, De Cock,' sprak hij geaffecteerd, 'en ga zitten.' Hij kwam achter zijn bureau vandaan en gebaarde uitnodigend naar het zitje van stalen meubelen bij het raam, waar de commissaris slechts zijn prominente gasten ontving.
De grijze speurder trok zijn gezicht in een onwillige plooi, nors, ontoegankelijk. Toenaderingen van zijn chef wees hij in de meeste gevallen koel van de hand. Hij had geen hekel aan zijn commissaris, maar leefde met hem toch op een enigszins gespannen voet. De Cock hield dat graag zo, beducht voor elke inmenging in de eigenzinnige wijze, waarop hij zijn onderzoeken meende te moeten aanpakken.
'Als het u hetzelfde is... ik blijf liever staan.'
Op het bleke gezicht van de commissaris kwam een lichte blos. 'Zoals je wilt.' Hij liep terug naar zijn bureau en nam wat stijfjes plaats.
'Ik heb uit een... eh, ik moet zeggen... uiterst summier rapport gelezen, dat je bezig bent met de moord op de heer Van Hellendoorn.'
De Cock knikte.
'Doodgeschoten in zijn kantoor aan de Binnenkant.'
Commissaris Buitendam kuchte.
'Ik ben vanmorgen vroeg,' sprak hij plechtig, 'benaderd door iemand uit Den Haag... een man, van wie ik jou de naam niet zal openbaren... die mij vertelde, dat de heer Van Hellendoorn leider is... was, van een selecte groep Nederlandse geleerden, die zich had verenigd in een combinatie, die men Brain Trust noemde.'
De Cock reageerde luchthartig.

'Daar weet ik inmiddels alles... bijna alles van. Men stond op het punt een belangrijke vinding openbaar te maken.'
Buitendam knikte. Zijn gezicht stond ernstig.
'Een vinding op het gebied van brandstofbesparing.'
De Cock keek hem ongelovig aan.
'Dat is bekend?'
Commissaris Buitendam kuchte opnieuw.
'De gangen van de leden van Brain Trust worden reeds geruime tijd gevolgd door onze BVD.'
De Cock trok een vies gezicht.
'Beeveedee?'
Buitendam kneep zijn dunne lippen op elkaar.
'De Binnenlandse Veiligheidsdienst,' legde hij overbodig uit.
De Cock keek hem ongelovig aan.
'Wat wil de BVD van Brain Trust?'
Commissaris Buitendam vouwde zijn slanke handen.
'Men is in regeringskringen oprecht bevreesd,' sprak hij geaffecteerd, 'dat die belangrijke uitvinding van Brain Trust in handen zal vallen... of reeds is gevallen... van lieden... organisaties... landen, die daarvan... zo werd geformuleerd... geen gepast gebruik zullen maken.'
De Cock monsterde het gezicht van zijn commissaris.
'En?' vroeg hij achterdochtig.
Buitendam antwoordde niet direct.
'Het... eh, het verzoek is,' sprak hij met enige aarzeling, 'dat je elke stap, elke actie, die jij in verband met jouw onderzoek naar de moord op die Van Hellendoorn denkt te moeten nemen... vooraf met mij bespreekt.'
De Cock voelde hoe de woede in zijn aderen sloop.
'Waarom?'
'Zodat ik die kan voorleggen aan...'
Nog voor commissaris Buitendam was uitgesproken, schudde De Cock resoluut zijn hoofd.
'Geen denken aan,' riep hij briesend. 'Ik doe mijn werk op mijn manier... zonder leiding of inmenging van wie ook. En als u na al die jaren daar nog geen vertrouwen in hebt, dan mankeert er duidelijk iets aan uw beoordelingsvermogen.'
Commissaris Buitendam kwam met een ruk uit zijn stoel overeind en wees met een trillende hand naar de deur.

'Eruit.'
De Cock ging.

Vledder keek hem verwonderd aan.
'Beeveedee?'
De Cock knikte.
'De gangen van de leden van Brain Trust worden al enige tijd nagegaan.'
'Waarom?'
De Cock trok een grijns.
'Omdat men bevreesd is, dat van de uitvinding geen gepast gebruik zal worden gemaakt.'
'En nu moet jij hen vertellen hoe jij met hun toestemming een moord oplost?'
'Zoiets.'
Vledder grinnikte.
'Waarom vertelt men ons niet wat de resultaten van hun inspanningen zijn? Daarvan zouden wij in ons onderzoek gebruik kunnen maken.'
De Cock keek zijn jonge collega bewonderend aan.
'Jij spreekt woorden naar mijn hart.' De grijze speurder zweeg even. Nadenkend wreef hij over zijn kin. 'Wat zei dokter Rusteloos?'
Vledder liet zich in zijn stoel achter zijn bureau zakken. Hij zag er wat vermoeid uit. 'Niet veel,' antwoordde hij loom. 'De goede man wordt met de dag dover. Je moet letterlijk in zijn oor toeteren om je verstaanbaar te maken.' De jonge rechercheur tastte in de rechterzijzak van zijn colbert en diepte daaruit een doorschijnend plastic zakje op. Met een moedeloos gebaar wierp hij het De Cock toe. 'Kogels... vier kogels heeft dokter Rusteloos uit zijn lijf gepeuterd.'
De Cock bekeek ze aandachtig.
'Een vreemd kaliber.'
Vledder knikte.
'Zeven punt tweeënzestig ofte wel drie lignes.'
'Wat zijn lignes?'
'Een oude maat... een tiende deel van een duim... dat is 2.54 millimeter en dat driemaal is 7.62.'
'Nooit van gehoord.'
Vledder verduidelijkte:
'De kogels moeten met een revolver zijn afgevuurd. Ook Ben Kreu-

ger heeft in het kantoor van Van Hellendoorn geen hulzen gevonden.'
De Cock kneep zijn wenkbrauwen samen.
'Het kan ook zijn,' opperde hij, 'dat de schutter een pistool* heeft gebruikt en zich achteraf de moeite heeft getroost om alle hulzen op te rapen.'
Vledder schudde zijn hoofd.
'Het gebruikte wapen is vrijwel zeker geen pistool geweest. Ik ben nog even met de kogels naar het hoofdbureau gereden en heb met onze wapendeskundige gesproken.'
'En?'
Vledder gebaarde achteloos.
'Volgens hem hebben er nooit pistolen bestaan van het kaliber 7.62 mm. Dat is heel ongebruikelijk. Hij kende slechts een enkel wapen van het kaliber 7.62 mm en dat was de "Nagant", een door de Belgische constructeur Vervier ontworpen *revolver sans deperdition de gaz*. Door de bijzondere constructie van de hulswand ontstaat bij het schot geen gasontsnapping.'
De Cock fronste zijn wenkbrauwen.
'Er is voor die revolver dus een bijzondere, afwijkende munitie nodig?'
Vledder knikte nadrukkelijk.
'Absoluut.'
De jonge rechercheur pakte een verkreukeld notitieblaadje uit het borstzakje van zijn colbert. 'Ik heb het allemaal opgeschreven.' Hij streek met de muis van zijn hand de kreukels uit het papier. 'De kogel,' las hij hardop, 'is geheel in de hulswand opgenomen. Die hulswand vormt bij het vuren een geheel met de loop, waardoor geen gas ontsnapt... vandaar *revolver sans deperdition de gaz*.'
De Cock gniffelde.
'Zo leer je nog eens wat.'
Vledder schoof zijn notitie in een la van zijn bureau.
'Onze wapendeskundige,' ging de jonge rechercheur verder, 'was puur enthousiast. Volgens hem is de Nagant de mooiste en beslist interessantste revolver ooit gemaakt.'
'Waar?'

* Bij een revolver blijven na het vuren de hulzen in de cilinder achter. Een pistool werpt de hulzen uit.

'In België... door Nagant, een Luikse wapenfabiek. Het is een patent uit 1898.'
'Is er nog munitie voor verkrijgbaar?'
Vledder trok een bedenkelijk gezicht.
'De revolver heeft in het westen van Europa vrijwel geen verbreiding gekregen. De Luikse wapenfabriek Nagant maakte het wapen vrijwel uitsluitend voor het Russische leger van voor 1914.'
De Cock boog zich met een ruk naar voren.
'Het Rus-si-sche leger?'
Vledder keek hem aan. Om de mond van de jonge rechercheur zweefde een spottend lachje.
'Toch bang voor de Beeveedee?'

8

Het verschrikte gezicht van De Cock vergleed in een glimlach. 'Ach nee, ik ben niet bang voor de Beeveedee. Dat is dwaasheid.' De oude rechercheur schudde zijn hoofd. 'En in feite zegt het mij ook niet zoveel, dat Hermanus van Hellendoorn werd vermoord met een wapen dat in lang vervlogen tijden aan het Russische leger werd geleverd.'
Vledder glimlachte.
'Toch leek je even te schrikken.'
'De Beeveedee en een Russisch legerwapen... dat riekt naar spionage en daar wil ik als simpele Amsterdamse rechercheur liever niets mee te maken hebben. Ik ben geen James Bond.'
Vledder lachte vrijuit.
'De Cock nul-nul-zeven,' riep hij vrolijk. De lach op het gezicht van de jonge rechercheur verdween weer. 'Maar je hebt gelijk. Het gebruik van die oude Russische legerrevolver behoeft voor ons onderzoek niets te betekenen. Het kan puur toeval zijn. Ik ben er van overtuigd, dat in ons landje bij heel veel mensen nog wel ergens een oud wapen ligt te roesten.'
De Cock knikte.
'Wat mij in deze vreemde moordzaak vooral dwarszit is het feit, dat wij vrijwel voortdurend op allerlei tegenstrijdigheden stuiten... zaken, die niet met elkaar overeenkomen.'
Vledder keek hem nieuwsgierig aan.
'Noem ze eens?'
De Cock stak zijn beide handen naar voren en drukte de vingertoppen tegen elkaar. 'Van één ding kunnen we overtuigd zijn,' sprak hij docerend. 'Hermanus-van-Hellendoorn-was-bang-om-te-worden-vermoord. Van dat gegeven ga ik uit.'
Vledder knikte instemmend.
'Een redelijk uitgangspunt, waarvoor we voldoende aanwijzingen hebben.'
De Cock hield zijn wijsvinger voor zijn neus.
'Dochter Dorethea koppelt aan die angst moordzuchtige neigingen, die zij bij haar moeder vermoedt. Die moeder ontkent dat en zegt een sluitend alibi te hebben... een alibi, dat wij overigens nog moeten natrekken.'

Vledder stak zijn hand omhoog.
'Dat zouden we vanmiddag kunnen doen.'
De Cock negeerde de opmerking. Hij strekte zijn arm naar zijn jonge collega uit. 'Tijdens ons gesprek met Harold van Haastricht blijkt niets van een grove controverse tussen Sybille van Hellendoorn en haar man. Integendeel, het huwelijk wordt door vriend Van Haastricht als een bijna harmonische verbintenis afgeschilderd. Hoewel dochter Dorethea over het huwelijk van haar ouders een geheel andere lezing geeft, heb ik toch het idee, dat Hermanus van Hellendoorn wel degelijk van zijn vrouw hield. Daarvan getuigt zelfs Mooie Karel, voor wie liefde en trouw toch wat vage begrippen zijn.'
De grijze speurder ademde diep.
'Harold van Haastricht,' ging hij onvermoeid verder, 'komt met een ander motief. De angst van Hermanus van Hellendoorn zou voortvloeien uit mogelijk te verwachten boosaardige reacties op grond van de industriële gevolgen van de uitvinding.'
Vledder keek verbaasd naar hem op.
'Heb je die zin uit je hoofd geleerd?'
De Cock negeerde de spot.
'Volgens Harold van Haastricht,' ging hij onverstoord verder, 'was het die angst, die Van Hellendoorn er van weerhield om de uitvinding openbaar te maken. En wat blijkt nu...' De oude rechercheur zweeg even voor het effect. '...onze Beeveedee in Den Haag is volkomen op de hoogte. Men weet precies om welke uitvinding het gaat. En men weet ook exact welke mensen er bij zijn betrokken. Zelfs Mooie Karel, die toch slechts zijdelings bij de affaire is betrokken, meende dat hij werd gevolgd.'
Vledder keek hem met grote ogen aan.
'Je hebt gelijk,' riep hij verrast. 'Dat kan in feite helemaal niet. Als die uitvinding niet openbaar is gemaakt... hoe kan de Beeveedee dan weten, dat er zo'n uitvinding is?'
De Cock zuchtte.
'Er is of was ergens een lek.'
Vledder trok een ernstig gezicht.
'Een lek, waarvan Hermanus van Hellendoorn uiteindelijk de dupe is geworden.'
De Cock plukte aan zijn onderlip.
'We kunnen gevoeglijk aannemen, dat Hermanus van Hellendoorn niet op de hoogte was van het feit, dat de uitvinding was uitgelekt.'

Vledder keek hem nadenkend aan.
'Hoezo?'
'Als Van Hellendoorn dat wel had geweten, dan had zijn verweer tegen het openbaar maken van de uitvinding toch geen enkele zin.'
Vledder kneep zijn lippen op elkaar.
'Uit alles blijkt,' sprak hij somber, 'dat zich achter de rug van Hermanus van Hellendoorn om, een aardige intrige heeft afgespeeld.'
De Cock knikte.
'Van Brain Trust blijkt de "trust" van vertrouwen achteraf niet zo groot.' De oude rechercheur maakte een hulpeloos gebaar. 'Maar zolang wij niet weten wie het geheim van de uitvinding het uitlekken en waarom hij of zij dat deed... kunnen we weinig uitrichten.'
Vledder boog zich naar voren.
'Kunnen we niet aan de Beeveedee vragen wie hen op de hoogte heeft gebracht. Dan kunnen we nagaan waar het lek zit en wie in feite verantwoordelijk is voor de dood van Hermanus van Hellendoorn.'
De Cock lachte hartelijk.
'Dat heeft weinig zin,' sprak hij hoofdschuddend. 'Voor zover mij bekend, gaat de Beeveedee uiterst behoedzaam met haar informanten om.'
Vledder keek hem verwonderd aan.
'Zou men voor ons geen uitzondering maken?'
Op het brede gezicht van De Cock kwam een grijns.
'Vergeet het,' antwoordde hij strak. 'Het heeft zelfs geen zin om het te proberen. En ik moet je eerlijk bekennen, dat ik daar wel begrip voor kan opbrengen. Het zou beslist een onwerkbare situatie...' De oude rechercheur maakte zijn zin niet af. Op de deur van de grote recherchekamer werd geklopt en Vledder riep: 'Binnen.'
De deur ging langzaam open en in de deuropening verscheen de wat gedrongen gestalte van een vrouw. De Cock schatte haar rond de veertig. Ze droeg een lange, wijde donkerbruine regenmantel, die tot ver over haar knieën reikte. Met een bruusk gebaar rukte ze een plastic kapje van haar hoofd. Even bleef ze staan en liet haar blik door de kamer dwalen. Water drupte van haar mantel op de vloer. Toen kwam de vrouw met een wat slepende tred naderbij.
Voor het bureau van de grijze speurder bleef ze staan. Haar donkere, amandelvormige ogen, gevat in een door de regen iets verveegde rand van mascara, staarden hem scherp observerend aan.

'U bent rechercheur De Cock?'
Haar stem was scherp met een knerpende bijtoon.
De grijze speurder knikte, kwam half uit zijn stoel en maakte een lichte buiging.
'Met... eh, met ceeooceekaa... om u te dienen.' Daarna wees hij uitnodigend naar de stoel naast zijn bureau. 'Neemt u plaats.'
De vrouw reageerde niet direct. Haar blik bleef op De Cock gericht, koel, kalm en schattend. Daarna knoopte ze met trage bewegingen haar wijde regenmantel los en ging zitten.
'Ik had mij u anders voorgesteld.'
De Cock bracht zijn innemendste glimlach.
'Ouder?'
Ze schudde haar hoofd.
'Bruter.'
De Cock lachte uitbundig.
'Wie of wat bracht u op het idee, dat ik een bruut zou zijn?'
De vrouw kneep haar lippen bij elkaar.
'Sybille... Sybille van Hellendoorn was gisteravond bij mij... om uit te huilen.' De vrouw kwam weer van haar stoel overeind en stak hem haar hand toe. 'Laat ik mij eerst even aan u voorstellen. Ik ben Henriette... Henriette van Wateringen. Mijn man is... was een medewerker van de heer Van Hellendoorn en Sybille... Sybille en ik zijn vriendinnen.'
De Cock stond op en drukte de hem toegestoken hand.
'En mevrouw Van Hellendoorn,' vroeg hij op ernstige toon, 'schetste mij als een... eh, een niets en niemand ontziende bruut?'
Henriette van Wateringen ging knikkend zitten.
'Sybille vond, dat u weinig gevoel had voor het intense verdriet van een vrouw, die zojuist verneemt dat haar liefhebbende man is vermoord. Er was van uw kant geen sprankje medeleven te bespeuren. U hebt haar niet eens gecondoleerd.'
De Cock voelde hoe een lichte irritatie in zijn botten kroop. De oude rechercheur overdacht hoe hij op de... naar zijn gevoel... toch wel terechte kritiek van de vrouw zou reageren. Ook Vledder had hem al verweten, dat hij mevrouw Van Hellendoorn niet bepaald elegant had behandeld.
Achteloos wuifde hij in haar richting.
'Een begrafenisondernemer treurt ook niet om elke dode, die hij ter aarde bestelt,' sprak hij geprikkeld. 'Confrontatie met moord en

alles wat daar mee samenhangt vormt een wezenlijk onderdeel van mijn beroep. Ik kan mij daarbij geen overgevoeligheden permitteren.' Hij zweeg en zijn gezicht stond bars. Maar inwendig ergerde de grijze speurder zich, dat zijn verweer zo zwak klonk... zo weinig overtuigend.

Henriette van Wateringen keek hem geamuseerd aan.

'Is het echt waar,' vroeg ze rustig, 'dat u Sybille verdenkt van moord op haar man?'

De Cock hield zijn hoofd iets schuin.

'Waarom vraagt u dat?'

Henriette van Wateringen trok haar schouders op.

'Mevrouw Van Hellendoorn meende dit uit uw woorden en gedrag te moeten opmaken,' antwoordde ze kalm. 'Sybille vond het absurd, dat u haar vroeg of zij voor de moord op haar man een motief had.'

De Cock negeerde de opmerking.

'Mevrouw Van Hellendoorn zegt, dat zij voor het tijdstip van de moord een alibi heeft. Zij speelde die bewuste woensdagavond bridge met een paar dames.'

Henriette van Wateringen knikte nadrukkelijk.

'Een van die dames was ik,' sprak ze ferm. 'Ik kan... zo ook de andere dames... haar alibi volkomen bevestigen. Wij spelen al jaren samen bridge. Vanavond spelen we weer. Een extra avond. Die hebben de dames ingelast... speciaal voor Sybille. Het bridgespel is een goed middel tegen verdriet.'

'En Sybille heeft verdriet?'

Henriette van Wateringen keek hem hoofdschuddend aan.

'U bent een wonderlijke man.' In haar stem trilde enig medelijden en uit haar borst ontsnapte een diepe zucht. 'Ik wil mij niet met uw onderzoek bemoeien. U weet uiteraard beter dan ik hoe men een mysterie moet ontrafelen, maar om u op gang te helpen... wil ik u wel zeggen, dat er in de boezem van Brain Trust al maanden grote verdeeldheid heerste.'

'Onenigheid?'

'Ja.'

'Waarover?'

'Een uitvinding... een uitvinding die men met gezamenlijke inzet tot stand had gebracht.'

De Cock wuifde voor zich uit.

'En waaraan ook uw man heeft meegewerkt?'

Henriette van Wateringen knikte heftig.
'Zonder Winfred was er nooit iets van terechtgekomen,' antwoordde ze geëmotioneerd. 'Hij vond de ontbrekende schakel... een oplossing, die Herman met zijn beperkte kennis van de chemie nooit zou hebben gevonden. Daarom wond ook Winfred zich er over op, dat de man van Sybille de zaak zo traineerde.'
De Cock keek haar schuins aan.
'Wat bedoelt u met trai-neer-de?'
Op de wat hoge jukbeenden van Henriette van Wateringen kwamen blosjes en haar donkere ogen fonkelden.
'Er hadden al lang contacten kunnen worden gelegd,' reageerde ze fel. 'Er zijn wereldwijd genoeg organisaties, grote ondernemingen en zelfs regeringen, die in zo'n schitterende uitvinding zijn geïnteresseerd.'
'En?'
Henriette van Wateringen gebaarde heftig.
'Herman van Hellendoorn hield het tegen... al maanden. Wat er nu is gebeurd, verbaast mij ook niets. Winfred heeft al een paar maal gezegd: daar komt moord en doodslag van.'
De Cock wreef met de rug van zijn hand langs zijn neus.
'U zegt: OOK Winfred wond zich op... wie was de andere die zich opwond?'
Henriette van Wateringen liet haar hoofd iets zakken.
'Harold... Harold van Haastricht,' sprak ze zacht. 'Nog een week geleden heeft hij tegen Winfred gezegd... dan schiet ik hem overhoop.'

Toen Henriette van Wateringen weer met haar regenkapje op uit de grote recherchekamer was vertrokken, spreidde Vledder zijn beide handen.
'Wat gaan we doen?'
De Cock keek hem verward aan.
'Wat bedoel je?'
'Gaan we die Harold van Haastricht arresteren?'
De Cock trok een vies gezicht.
'Voor de moord op Van Hellendoorn?'
'Ja.'
De Cock schudde zijn hoofd.
'Daar voel ik nog niets voor,' sprak hij bedachtzaam. 'Ik wil eerst

wel eens van Winfred van Wateringen zelf horen hoe die uitspraak van Harold van Haastricht tot stand is gekomen.'
Vledder grinnikte vreugdeloos.
'Ik dacht, dat Henriette van Wateringen duidelijk genoeg was geweest. Van Hellendoorn hield de openbaarmaking van de uitvinding tegen. Dat duurde al maanden. De anderen konden hem niet bewegen om van inzicht te veranderen. Daar wonden zij zich over op. Ze hadden aan de totstandkoming van de uitvinding meegewerkt en wilden wel eens baten zien.'
De Cock knikte traag.
'Ik heb het verhaal gehoord,' reageerde hij kalm. 'Ze hadden Van Hellendoorn nog een week de tijd gegeven... een soort ultimatum... als Van Hellendoorn na een week zijn verzet niet opgaf...'
Vledder gebaarde heftig.
'... dan zou Harold van Haastricht hem zonder pardon overhoop schieten.' De jonge rechercheur grijnsde. 'Die week is inmiddels verstreken en Van Hellendoorn is dood. Wil je een mooier bewijs?'
De Cock antwoordde niet. Hij kwam traag uit zijn stoel overeind en begon in zijn zo typische slenterpas door de recherchekamer te stappen.
Als, zo bepeinsde hij, Hermanus van Hellendoorn niet was vermoord door een anonieme moordenaar, ingehuurd door een of andere organisatie of onderneming, die zich door de uitvinding bedreigd voelde... maar het slachtoffer was geworden van opgekropte emoties in de boezem van Brain Trust zelf, dan, zo overwoog de grijze speurder, had hij nog een redelijke kans om de dader te ontmaskeren. Het was dan wel zaak om uiterst omzichtig te manoeuvreren.
Na enige minuten bleef De Cock bij de kapstok staan en wurmde zich in zijn oude regenjas.
Vledder liep op hem toe.
'Waar ga je heen?'
De oude rechercheur draaide zich half om.
'Waar gaan "wij" heen,' verbeterde hij.
Vledder grijnsde.
'Oké, waar gaan wij heen?'
De Cock schoof zijn vilten hoedje over zijn stugge grijze haar en trok de rand naar voren. 'Naar de kluis in ons hoofdbureau aan de Elandsgracht. Daar pakken we de inhoud van de brandkast van Van Hellendoorn in een koffer en gaan ermee op pad.'

'Waarheen?'
De Cock beende de recherchekamer af.
'Doe een jas aan,' schreeuwde hij. 'Ik geloof, dat het buiten weer stort van de regen.'
Vledder gebaarde ongeduldig.
'Waar wil je met die papieren heen?'
Met de kruk van de deur in zijn hand bleef De Cock staan. 'Naar de vierde... de vierde man van Brain Trust... Leonardus van Ledeacker... ik vraag mij af of ook hij zich zo opwond.'

9

In een groot statig kantoorgebouw aan de Amstel meldden De Cock en Vledder zich wat schuchter bij een bijzonder knappe hoogblonde receptioniste met een zware donkere hoornen bril en een strakke, diep uitgesneden blouse.

'Recherche? De heer Van Ledeacker? Zeker... een ogenblikje.'

Ze trok een microfoon naar zich toe en gaf het bericht door. Daarna wuifde ze met haar rechterhand, waarbij een reeks armbanden aan de slanke pols rinkelde.

'Aan het einde van de gang.'

De rechercheurs schuifelden van haar weg.

De heer Leonardus van Ledeacker kwam De Cock en Vledder met uitgestoken hand vriendelijk glimlachend tegemoet.

Nadat hij handen had geschud, wees hij uitnodigend naar een paar comfortabele lederen fauteuils in een hoek van zijn immens kantoor.

'Gaat u zitten, heren.'

Zijn zachte stem had een zangerig accent.

De Cock keek even rond. Het ruime vertrek was, zo vond hij, smaakvol ingericht... een tikkeltje ouderwets met rondom een halfhoge mahoniehouten lambrizering en stijlvolle eiken wandkasten met kleurrijke glas-in-loodpanelen met motieven à la Mondriaan.

De oude rechercheur nam naast Vledder plaats, legde zijn hoedje op het parket en hield zijn leren koffertje met documenten op zijn knieën.

Leonardus van Ledeacker deed joviaal.

'Waarmee kan ik de heren van dienst zijn?' riep hij vrolijk. Zonder op antwoord te wachten, ging hij tegenover hen zitten en sloeg zijn lange benen over elkaar. 'Het gebeurt mij niet dagelijks, dat ik door het gezag wordt bezocht.'

De Cock grinnikte even om het woord 'gezag'. Daarna blikte hij koel observerend naar hem op. Hij schatte de heer Leonardus van Ledeacker voor in de veertig. Hij had vrij lang gitzwart golvend haar, vreemde lichtbruine ogen met een groene, bijna fluorescerende gloed en een olijfkleurige huid.

Het donkergrijze kostuum met vest dat hij droeg, was van een zeer

goede snit. Voor zover waarneembaar toonde de heer Van Ledeacker geen tekenen van onrust of nervositeit. Integendeel, hij scheen volkomen op zijn gemak.
Omdat het koffertje op zijn knieën de bewegingen van de grijze speurder hinderde, zette hij het naast zich neer.
'Wij zijn belast,' opende De Cock stemmig, 'met het onderzoek naar de dood van de heer Hermanus van Hellendoorn.'
Leonardus van Ledeacker knikte.
'Ik heb het gehoord,' sprak hij luchtig. 'Harold van Haastricht belde mij. Het was wel even schrikken. Vriend Herman is plotseling en nogal gewelddadig aan zijn eind gekomen.'
De Cock monsterde de gelaatstrekken van de man voor zich. De nonchalante, luchtige toon van de biochemicus verbaasde hem.
'Dat... eh, dat kunt u zo wel formuleren,' reageerde hij licht geschrokken. 'Gewelddadig. Een kille liquidatie... afgemaakt met vier gloeiende kogels in zijn borst.'
Leonardus van Ledeacker schudde zijn hoofd.
'Herman zat met zijn kantoor aan de Binnenkant ook op een verkeerde plek,' sprak hij zorgelijk. 'Ik heb al een paar maal tegen hem gezegd, dat hij daar weg moest gaan... zo dicht bij de Zeedijk, de Nieuwmarkt... de dealers, de junks en wat er zo omheen loopt... een ongezonde omgeving.'
De Cock kneep zijn ogen half dicht.
'U... eh, u suggereert,' reageerde hij verrast, 'dat de heer Van Hellendoorn het slachtoffer is geworden van een ordinaire roofmoord... uitgevoerd door een of andere junk... een verslaafde?'
Leonardus van Ledeacker keek hem verwonderd aan.
'Is dat zo vreemd? Het zal mij hier aan de Amstel niet zo gemakkelijk gebeuren. Maar daar... in die omgeving? Bovendien was Van Hellendoorn van nature nogal nonchalant. De toegangsdeur naar zijn kantoor was nooit afgesloten. Een ieder kon zo bij hem naar binnen stappen. Het verbaast mij, eerlijk gezegd, dat hij niet eerder ongewenst bezoek kreeg.'
De Cock knikte traag voor zich uit. Het idee, dat een of andere dolle junk in een wilde scoringsdrift verantwoordelijk was voor de moord op Hermanus van Hellendoorn kon hem niet geheel overtuigen.
'Hebt u hem wel eens bezocht op zijn kantoor aan de Binnenkant?' vroeg hij polsend.
'Diverse keren. Ik heb heel veel met Herman van Hellendoorn sa-

mengewerkt. Nog voor hij op aanraden van zijn vrouw met Brain Trust begon. We konden het best samen vinden. Hij was een aardige man... een knap geleerde.'
Hij schudde langzaam zijn hoofd.
'Maar ik kwam niet graag bij hem in zijn kantoor aan de Binnenkant. Je kon daar vrijwel nooit je auto kwijt. Ik ben eens een keer vanaf het Centraal Station met de metro gereden, op de Nieuwmarkt uitgestapt en te voet verder gegaan. Nooit meer. Ik voel daar mijn leven niet zeker.'
'En Van Hellendoorn?'
Leonardus van Ledeacker grinnikte.
'Die lachte mij altijd uit als ik van mijn angst sprak. Ik zit hier al zoveel jaren, zei hij, en mij is nog nooit iets gebeurd.'
De Cock liet het onderwerp rusten.
'U hebt in het kader van Brain Trust aan die bewuste uitvinding meegewerkt?'
'U bedoelt onze uitvinding, die een brandstofbesparing oplevert?'
'Precies.'
Leonardus van Ledeacker knikte.
'Daar heb ik mijn deel aan bijgedragen,' bevestigde hij rustig.
De Cock glimlachte.
'En ook opgewonden geraakt?'
Leonardus van Ledeacker keek hem achterdochtig aan.
'Opgewonden?'
De Cock knikte.
'Ik heb begrepen, dat de leden van Brain Trust, die aan de uitvinding hebben meegewerkt, nogal opgewonden zijn geraakt, omdat Van Hellendoorn steeds maar weigerde om de formule openbaar te maken.'
'Bij mij geen opwinding,' antwoordde Van Ledeacker zacht, beminnelijk. 'Waarom zou ik mij opwinden? Ik begreep de aarzeling van Van Hellendoorn wel. In feite stelde die uitvinding ook niet veel voor en had bovendien maar een tijdelijk effect.'
De Cock boog zich met een ruk naar voren.
'Stelde niet veel voor?' reageerde hij ongelovig. 'Een brandstofbesparing van vijfentwintig procent... dat is toch sensationeel?'
De biochemicus glimlachte fijntjes.
'Toen Dennis Meadows in 1972 zijn *The Limits to Growth*... beter bekend als *Rapport aan de Club van Rome* publiceerde, waarin hij

onder meer aantoonde, dat het grondstoffenverbruik drastisch diende te worden verminderd, gaf dat een schokeffect. De uitkomsten van het rapport werden destijds door vrijwel een ieder geaccepteerd. Men was er van overtuigd... de grenzen van de groei waren bijna bereikt of reeds overschreden.'
De biochemicus maakte een mistroostig gebaar.
'En wat hebben we gezien? In wezen heeft niemand zich iets van dat alarmerende rapport van Dennis Meadows aangetrokken. Het grondstoffenverbruik is sindsdien alleen maar toegenomen.'
De Cock keek hem verwachtingsvol aan.
'Wat wilt u daarmee aantonen?'
Leonardus van Ledeacker spreidde zijn beide handen.
'Onze uitvinding geeft slechts een tijdelijk soelaas. Zoals het zich laat aanzien, zal de wereldbevolking explosief blijven groeien en daarbij zal de vraag naar grondstoffen blijven toenemen. Die vijfentwintig procent brandstofbesparing lijkt indrukwekkend, maar zegt in feite niet zoveel. Binnen enige jaren is het effect van onze uitvinding volkomen tenietgedaan. Als wij voor onze energievoorzieningen geen andere wegen en middelen vinden, is het niet meer dan uitstel van executie.'
De Cock liet zich terugvallen in zijn fauteuil. Het betoog van de biochemicus had hem getroffen. Na enkele seconden kwam hij weer iets naar voren. 'Waar winden Harold van Haastricht en Winfred van Wateringen zich dan zo geweldig over op?'
Leonardus van Ledeacker antwoordde minzaam.
'Er is uiteraard wel sprake van "korte-termijn-winst". Oliemaatschappijen zullen zeker in onze uitvinding zijn geïnteresseerd. Hoe u die interesse wilt interpreteren, laat ik liever aan uw eigen fantasie over. Het gaat uiteindelijk om geld.'
De Cock zweeg. Nadenkend. Hij keek de man voor zich nog eens aan. De vlot formulerende biochemicus was hem niet onsympathiek.
'Bewaarde de heer Van Hellendoorn,' vroeg hij na een korte pauze, 'de formule van de uitvinding van Brain Trust in de oude brandkast in zijn kantoor aan de Binnenkant?'
Leonardus van Ledeacker knikte vaag.
'Dat neem ik aan,' sprak hij instemmend. 'Dat was de enige plek waar Herman zijn documenten bewaarde.'
De Cock tilde het koffertje van het parket.

'Mijn collega Vledder en ik hebben de brandkast van Van Hellendoorn tijdens ons onderzoek in zijn kantoor geopend aangetroffen met de sleutels in het slot. We hebben de oude brandkast leeggehaald en afgesloten. De inhoud hebben we daarna voor de zekerheid overgebracht naar de kluis op het hoofdbureau van politie aan de Elandsgracht.'

De oude rechercheur hield het koffertje omhoog.

'De inhoud van de brandkast van Van Hellendoorn... zoals wij die aantroffen... zit in dit koffertje. Wilt u voor ons bekijken of de formule nog aanwezig is?'

Leonardus van Ledeacker schraapte zijn keel.

'Dat wil ik.'

De Cock reikte het koffertje geopend aan. De biochemicus nam het van hem over en zette het naast zich op het parket. Hij tilde de documenten en bescheiden er één voor één uit en las ze door.

Ademloos keken De Cock en Vledder toe.

Toen Leonardus van Ledeacker het laatste document uit het koffertje had getild en doorgenomen, keek hij op. Zijn gezicht zag somber.

De Cock slikte.

'En?' vroeg hij gespannen.

Leonardus van Ledeacker schudde zijn hoofd.

'De formule... de formule van onze uitvinding is er niet bij.'

Ze reden met hun nieuwe Golf van het kantoorgebouw weg. Het regende nog steeds, fel, met druppels die van het asfalt opspatten. De plezierboten op de Amstel boden een trieste aanblik.

In de Churchilllaan raakten ze muurvast in een file en De Cock zette de ruitewissers stil. De oude rechercheur had een hekel aan die dingen. Ze verstoorden het ritme van zijn denken. Hij liet zich iets onderuitzakken.

'Van Ledeacker heeft gelijk,' bromde hij, 'die Van Hellendoorn moet een nonchalant man zijn geweest. Ik neem aan, dat hij, toen zijn moordenaar binnenkwam, rustig aan zijn bureau zat te werken... met de brandkast open.'

Vledder grijnsde.

'En toen de moordenaar zijn beulswerk had gedaan, kon hij rustig de formule uit de brandkast pakken en van het toneel verdwijnen.'

De Cock knikte.

'En wat bewijst dat?'

Vledder klapte met zijn vuist op het stuur.
'Dat Van Ledeacker ongelijk had, toen hij meende, dat Hermanus van Hellendoorn het slachtoffer was geworden van een roofmoord door een willekeurige junk op zoek naar geld.'
'Heel goed... en verder?'
Vledder aarzelde even.
'Dat... eh, dat de moordenaar exact wist waarnaar hij moest zoeken.'
De Cock knikte nadrukkelijk.
'Hij wist hoe die formule eruitzag... hoe hij die van de vele andere documenten in de oude brandkast kon onderscheiden.'
Vledder blikte opzij.
'Zoals Van Ledeacker vanmiddag deed?'
'Precies.'
Vledder maakte een mistroostig gebaar.
'Dat betekent, dat wij de moordenaar vrijwel zeker moeten vinden binnen het enge kringetje van Brain Trust.'
Er kwam weer enige beweging in de file. Vledder startte de motor en zette de ruitewissers aan. De Cock keek er even naar. Toen zakte hij grommend nog dieper onderuit, schoof zijn hoedje ver naar voren en sloot zijn ogen. 'Breng het koffertje terug in de kluis aan de Elandsgracht,' gebood hij, 'en waarschuw mij als we terug zijn aan de kit.'

Toen de beide rechercheurs de hal van het politiebureau aan de Warmoesstraat binnenstapten, riep Jan Kusters hen van achter de balie.
De Cock liep licht geprikkeld op hem toe. De oude rechercheur had beslist geen hekel aan Jan Kusters, maar hij wist uit ervaring, dat de wachtcommandant in de regel voor hem slechts berichten had, die hem veel narigheid en werk bezorgden.
'Wat is er?'
Jan Kusters stak zijn arm omhoog.
'Boven zit een vent op je te wachten.'
De Cock grijnsde.
'Een vent... dit keer... geen heer?'
Jan Kusters bromde.
'Ik herken een heer als ik hem zie,' antwoordde hij knorrig. De wachtcommandant schudde zijn hoofd. 'Die hier boven zit is gewoon geen heer, maar een vent.'
De Cock gniffelde.

'Jan, jij moet van nature zijn begiftigd met een feilloos onderscheidingsvermogen.' Het klonk spottend. Jan Kusters strekte zijn arm naar hem uit.
'Ik weet zo pertinent zeker,' sprak hij bijtend, 'dat hij maar een ordinaire kerel is... een gewone vent... omdat hij beweert, dat hij een oude kennis van jou is. En voor zover ik weet, De Cock, heb jij weinig echte heren in je kennissenkring.'
De grijze speurder knikte gelaten.
'Alleen schooiers... en daar ben ik blij om.' De oude rechercheur liep van de balie weg en ging de trap op, Jan Kusters met een rood hoofd achterlatend.
Vledder volgde lichtvoetig.
Op de bank bij de deur naar de grote recherchekamer zat een man. De Cock herkende hem onmiddellijk. Hij liep glimlachend op hem toe. 'Mooie Karel... wat een verrassing. Kom je jezelf melden?'
Charles Carrousel kwam van de bank overeind.
'Waarvoor?'
De Cock trok zijn schouders op.
'Weet ik veel,' antwoordde hij luchtig. 'Een of andere mislukte kraak.'
Mooie Karel schudde zijn hoofd.
'Ik wil eens met je praten,' sprak hij ernstig.
De Cock knikte.
'Dat kan,' reageerde hij bedaard. De oude rechercheur hield de deur van de grote recherchekamer open en wees voor zich uit. 'Ken je mijn stek nog? Ga maar vast naast mijn bureau zitten.' Hij smeet zijn regenjas op een lege tafel en legde zijn hoedje daar bovenop. Daarna slofte hij naar zijn bureau en liet zich op zijn stoel zakken.
'Heb je wat op je lever?' opende hij.
Mooie Karel spreidde zijn handen.
'Ik heb niets te bekennen... als je dat bedoelt.'
De Cock glimlachte.
'Dat bedoel ik.'
Charles Carrousel schudde zijn hoofd.
'Bekennen is zitten. En daar heb ik nooit veel voor gevoeld.' Hij verschoof iets op zijn stoel. 'Je hebt mij van de week,' ging hij aarzelend verder, 'bij die brandkast aan de Binnenkant laten gaan. Dat heb ik niet zo goed begrepen. Het was een heterdaadje. Je had me zo mee kunnen nemen naar de kit.'

Mooie Karel keek naar de grijze speurder op. 'Daar heb ik over nagedacht, rechercheur. En nu kom ik je een voorstel doen.'
De Cock plukte aan het puntje van zijn neus.
'Steek van wal.'
'Voor wat... hoort wat. Ik wil je helpen.'
De Cock keek hem verwonderd aan.
'Helpen?'
'Ja.'
'Waarmee?'
'Die moord op Van Hellendoorn.'
De Cock kneep zijn ogen half dicht.
'Hoe?'
Mooie Karel boog zich iets naar hem toe.
'Je weet, dat ik omgang heb met Sybille, de vrouw van het slachtoffer.'
De Cock knikte.
'Dat heb je verteld.'
'Ik was gisteren bij haar. Ze sprak over niets anders meer dan over haar gestorven man. Eerst was hij niets... een dorre, saaie geleerde, een arme uitgebluste stakker... en nu is hij plotseling het nobelste wezen, dat ooit met twee voeten op deze aardkloot heeft rondgewandeld.'
De Cock glimlachte.
'De mortuis nil nisi bene.'
'Wat is dat?'
'Een Latijnse spreuk: Over de doden niets dan goeds.'
Mooie Karel snoof.
'Dat kan best zijn,' reageerde hij somber, 'maar het stak mij toch een beetje. Ik ben toen eens met haar gaan babbelen over die vermoorde man van haar. Uit nieuwsgierigheid.'
'En?'
Mooie Karel wees voor zich uit.
'Die uitvinding, waar ik naar zocht toen jij mij betrapte, heeft hij niet alleen gedaan, maar samen met een paar anderen. Hij was lid van een club... een club van geleerde jongens.'
De Cock glimlachte.
'Brain Trust.'
Mooie Karel reageerde verrast.
'Dat wist je?' vroeg hij verwonderd.

De Cock knikte.
'En tussen die geleerde jongens,' vulde hij aan, 'was onenigheid.'
Mooie Karel fronste zijn wenkbrauwen.
'Dat wist je ook?'
'Zeker.'
'Maar weet je ook wie van die geleerde jongens het heeft gedaan?'
'De moord op Van Hellendoorn?'
'Ja.'
De Cock schudde zijn hoofd.
'Geen flauw idee.'
Mooie Karel boog zich nog iets dichter naar hem toe.
'De vrouwen van die geleerde jongens,' sprak hij zacht, gedempt, 'hebben ook een club... een bridgeclub. Ze bridgen met elkaar... een paar maal in de week... en kletsen... over alles en nog wat... over hun mannen... de uitvinding... de ruzie. Zie je, die vrouwen kunnen wel goed met elkaar overweg. Sybille weet ook precies wie haar man heeft vermoord.'
'Wat?'
Mooie Karel knikte gelaten.
'Ene Winfred van Wateringen... dat is geen geleerde, zegt Sybille, maar een beestmens... een man, die voor goed geld zelfs bereid is zijn eigen moeder koud te maken.'

10

Toen rechercheur De Cock de volgende morgen vanaf het Stationsplein met de stroom reizigers mee het brede trottoir van het Damrak opstapte, scheen de zon... niet uitbundig, gul en volop, maar verlegen, schuchter blikkend om het hoekje van een zware, donkere, van regen bezwangerde wolk.
Een zacht windje liet de vlaggen aan de masten op de steigers van de rondvaartboten vrolijk wapperen en De Cock zong zachtjes: 'O, kom er eens kijken, wat er in mijn schoentje zit.'
De oude rechercheur zong altijd sinterklaasliedjes... ongeacht het jaargetijde. De goedheiligman met zijn lange witte baard, staf, mijter en zijn wonderbaarlijke, dakenbestormende schimmel, had in zijn jeugd een onuitwisbare indruk op hem gemaakt.
De Cock blikte glimlachend om zich heen en constateerde tot zijn genoegen, dat, ontdaan van regenbeschermend plastic, de vrouwen van de stad zich weer fleurig en aantrekkelijk presenteerden.
Bij de Oudebrugsteeg bleef hij even staan, volgde het gedrag van een knaap in wie hij een jonge zakkenroller herkende en stak toen in jeugdige overmoed voor een aanstormende tramtrein van lijn 9 de rijbaan van het Damrak over.
Neuriënd slenterde hij langs de schippersbeurs naar de Warmoesstraat.
In de hal van het politiebureau groette hij in het voorbijgaan Jan Kusters... hield zijn blik even vast om te zien of de wachtcommandant nog iets bijzonders voor hem had... en besteeg bijna huppelend de trappen naar de tweede etage.
In de grote recherchekamer trof De Cock, zoals gebruikelijk, Vledder achter zijn elektronische schrijfmachine. De jonge rechercheur keek op en liet zijn rappe vingers even op de toetsen rusten. Hij knikte goedkeurend.
'Je bent aardig op tijd,' stelde hij vast.
De Cock deed uiterst bedaard zijn regenjas uit, hing die onder zijn hoed aan de kapstok, slofte op zijn gemak terug en ging achter zijn bureau zitten.
'Verrassend.'
Vledder fronste zijn wenkbrauwen.
'Wat bedoel je?'

De Cock gniffelde.
'Dat ik aardig op tijd ben.'
Vledder negeerde de opmerking. De jonge rechercheur wees naar de elektronische schrijfmachine voor zich op zijn bureau. 'Ik ben vanmorgen alvast begonnen om alles wat wij tot nu toe in deze moordaffaire hebben bereikt, te verbaliseren.'
De Cock grinnikte.
'Dan heb je,' riep hij vrolijk spottend, 'aan een A-viertje wel genoeg. Meer papier heb je daar niet voor nodig.'
Vledder tuitte zijn lippen.
'Ik vind toch niet,' sprak hij bemoedigend, 'dat wij er zo slecht voorstaan. We hebben in feite drie verdachten met een redelijk motief... Harold van Haastricht, Winfred van Wateringen en misschien in mindere mate Leonardus van Ledeacker. Van Harold van Haastricht weten we, dat hij al eens openlijk heeft gedreigd om Hermanus van Hellendoorn voor zijn vertragende houding neer te schieten en via Mooie Karel zijn we te weten gekomen, dat Sybille van Hellendoorn het "beestmens" Winfred van Wateringen als dader ziet.'
De Cock grinnikte.
'Mooie Karel... plotseling opduikend als hulp-sheriff. We hadden hem, net als vroeger in het Wilde Westen, een ster op zijn colbert moeten hangen.'
Vledder gebaarde voor zich uit.
'Toch kan hij voor ons van heel veel nut zijn,' sprak hij ernstig.
De Cock knikte instemmend. De olijke luim verdween, de jolige trek gleed van zijn breed gezicht. De grijze speurder toonde die morgen voor het eerst enige bezinning.
'Ik heb hem ook aangemoedigd om zijn oren en ogen goed open te houden,' sprak hij gedragen. 'Mogelijk dat via Sybille van Hellendoorn uit de kring van de bridgende vrouwen enige informatie komt die ons op weg helpt.'
Vledder trok rimpels in zijn voorhoofd.
'Het verbaasde mij gisteravond,' sprak hij nadenkend, 'dat Mooie Karel beweerde, dat Sybille van Hellendoorn de man van Henriette van Wateringen een "beestmens" had genoemd... een man, die voor geld tot alles in staat zou zijn.'
De Cock keek hem verwonderd aan.
'Waarom verbaasde je dat?'

'Ik dacht, dat die twee vrouwen met elkaar bevriend waren.'
De Cock haalde zijn schouders op.
'Misschien heeft Henriette van Wateringen zich in het verleden wel eens bij Sybille van Hellendoorn over haar man beklaagd.'
Vledder keek hem niet-begrijpend aan.
'Hoe bedoel je dat?'
'Het is heel goed mogelijk dat Henriette van Wateringen eens aan haar vriendin Sybille in een openhartige bui heeft verteld, hoe "beestachtig" haar man Winfred zich soms ten opzichte van haar gedroeg. Zo'n vertrouwelijke mededeling blijft toch hangen.'
Vledder keek hem vragend aan.
'Je bedoelt,' vroeg hij ongelovig, 'dat Sybille van Hellendoorn uit zo'n oude vertrouwelijke mededeling nu haar conclusies trekt en daarom tegenover Mooie Karel beweert, dat Winfred van Wateringen de dader is?'
De Cock knikte.
'Vermoedelijk denkt ook Sybille van Hellendoorn, dat de moordenaar van haar man in de kring van Brain Trust moet worden gevonden. En blijf je in dat kringetje denken, dan wordt een "beestmens" en een "geldwolf" algauw een moordenaar.'
Vledder hield zijn hoofd iets scheef.
'Als ik het goed begrijp,' formuleerde hij voorzichtig, 'dan hecht jij niet zoveel waarde aan de bewering van Sybille dat Winfred van Wateringen de moordenaar van haar man is!'
De Cock glimlachte.
'We hebben nog niet het genoegen gehad om Winfred van Wateringen te ontmoeten en weten niet hoe beestachtig hij is of kan zijn.'
Het klonk laconiek.
Vledder schudde zijn hoofd.
'Je kunt toch al die verdachtmakingen niet achteloos naast je neerleggen?'
De Cock gebaarde wild voor zich uit.
'Ik vorm mij liever zelf een oordeel,' riep hij geprikkeld. 'Met al die emotionele kreten bouw ik geen bewijslast op. Ik zei je toch al: als we ons aan de concrete feiten houden, hebben we verbaliserend aan een A-viertje genoeg.'
Vledder maakte een lade van zijn bureau open en nam daaruit een rapport. 'Van Ben Kreuger,' verduidelijkte hij, 'vanmorgen binnengekomen... zijn dactyloscopische bevindingen.'

'En?'
'Het kantoor van Van Hellendoorn aan de Binnenkant was een dag voor de moord schoongemaakt, door een interieurverzorgster die blijkbaar haar werk verstond. In het gehele kantoor werden door Ben Kreuger alleen greepjes en vingerafdrukken gevonden van Van Hellendoorn zelf en van zijn dochter Dorethea.'
De Cock zuchtte.
'Daar was ik al bang voor. Ik heb in de regel weinig geluk met...' De grijze speurder stokte. Op zijn bureau rinkelde de telefoon.
Vledder boog zich over zijn schrijfmachine heen en nam de hoorn op.
De Cock lette scherp op de expressies van zijn jonge collega. Hij zag hoe plotseling het gelaat van Vledder veranderde. Het bloed trok daaruit weg.
Na luttele seconden legde de jonge rechercheur met een bleek gezicht en een trillende hand de hoorn op het toestel terug.
De grijze speurder keek hem gespannen aan.
'Wie was dat?'
'Mevrouw Van Haastricht.'
'En?'
Vledder slikte.
'Ze heeft zojuist haar man in zijn kantoor aan de Keizersgracht aangetroffen.'
'Dood?'
De jonge rechercheur knikte.
'Vermoord.'

De dode Harold van Haastricht lag gebogen over zijn immens groot donker-eiken bureau. Zijn handen met wijd gespreide vingers lagen naast zijn hoofd, waarop lang geelgrijs haar en een iets kalende kruin. Van zijn gezicht, tussen zijn handen verscholen was vrijwel niets te zien.
Hij was kennelijk zittend in zijn bureaustoel voorovergezakt en in die houding gestorven. De aanblik was niet schokkend, gruwelijk of angstaanjagend. Integendeel, het was een rustig, bijna vredig tafereel, alsof Harold van Haastricht zijn moede hoofd had neergelegd om te slapen... voor eeuwig.
De Cock staarde vol verbijstering naar de dode man aan zijn bureau. De gelijkenis was zo treffend, het beeld zo volkomen gelijk aan de

situatie van een paar dagen geleden aan de Binnenkant, dat het leek alsof het tafereel... de enscenering, door dezelfde hand was geschapen... Harold van Haastricht door dezelfde hand was gedood.
De grijze speurder liet zijn scherpe blik door het vertrek dwalen. Zoals aan de Binnenkant lagen ook hier voor het front van het bureau geen hulzen. Rechts, in de hoek, stond een gesloten en ongeschonden brandkast.
Er waren in het ruime kantoorvertrek ook geen sporen van een worsteling of geweld. Er was verder niets dat er op wees dat iemand naar iets had gezocht. De grijsgelakte stalen bureaukasten en -laden langs de wanden waren keurig gesloten.
De Cock slofte traag om de dode heen naar het raam en bekeek het uitzicht. Door het groen van bomen aan de wallekant zag hij hoe beneden in het volle zonlicht een helwitte rondvaartboot glinsterend over het water van de Keizersgracht gleed.
De grijze speurder draaide zich half om en keek naar een vrouw, die handenwringend naast de toegangsdeur stond. Hij schatte haar achter in de dertig. Ze was wat stijfjes gekleed in een bruin wollen mantelpakje, waaronder een hooggesloten witte blouse. Ze droeg dikke zwarte kousen en haar voeten staken in een paar degelijke bruine wandelschoenen. In haar donkerblonde haren schemerde het grijs.
De Cock liep met een somber gezicht naar haar toe.
'U bent mevrouw Van Haastricht?' vroeg hij vriendelijk.
De vrouw knikte traag.
'Adèle... Adèle van Haastricht.'
De Cock maakte een lichte buiging.
'Gecondoleerd met het verlies van uw man,' sprak hij vormelijk. De oude rechercheur gebaarde achter zich. 'U hebt hem zo gevonden?'
Adèle van Haastricht maakte een slikbeweging.
'Zo, ja.'
'U bezoekt uw man wel vaker op zijn kantoor?'
De vrouw schudde haar hoofd.
'Vrijwel nooit. Ik ben hier één keer geweest. Dat was vier jaar geleden, toen hij dit kantoor pas had geïnstalleerd. Daarna nooit meer.'
'Waarom maakte u vanmorgen een uitzondering?'
Adèle van Haastricht liet haar hoofd iets zakken.
'Ik bemerkte vanmorgen,' sprak ze zacht, 'dat Harold niet thuis had

geslapen. Tegen zijn gewoonte in verscheen hij niet op tijd aan het ontbijt. Ik ben naar zijn slaapkamer gegaan en zag toen dat zijn bed onbeslapen was.'

'U slaapt gescheiden?'

'Ja.'

'Een bepaalde reden?'

Adèle van Haastricht keek naar hem op. Haar lichtgroene ogen vonkten kwaadaardig. 'Moet ik u dat uitleggen?' vroeg ze scherp.

De Cock liet het onderwerp met een milde glimlach rusten.

'Toen u zag dat het bed van uw man onbeslapen was,' ging hij beminnelijk verder, 'wat hebt u toen gedaan?'

'Gebeld.'

'Naar dit kantoor?'

'Een paar maal. Maar de telefoon werd niet opgenomen.' Ze ademde diep. 'Ik werd toen toch wel ongerust. U weet wat er met Herman van Hellendoorn is gebeurd. Harold was lid van Brain Trust en had ook aan diezelfde uitvinding meegewerkt.'

De Cock veinsde onwetendheid.

'Wat voor een uitvinding?'

Adèle van Haastricht zwaaide.

'Ik weet er het fijne niet van,' antwoordde ze geduldig. 'Het is een of andere uitvinding om op het gebruik van brandstof te besparen. Om die uitvinding werd Van Hellendoorn vermoord. Ik was bang dat Harold hetzelfde was overkomen.'

De Cock knikte begrijpend.

'Toen bent u direct hier naar zijn kantoor aan de Keizersgracht gegaan?'

Adèle van Haastricht schudde haar hoofd.

'Ik heb Sybille van Hellendoorn gebeld en haar de zaak voorgelegd.'

'En?'

'Sybille raakte vrijwel direct in paniek. Ze raadde mij aan om onmiddellijk u aan de Warmoesstraat te bellen. Ze was er absoluut van overtuigd, dat Harold net als haar man was vermoord.'

De Cock keek haar onderzoekend aan.

'Dat hebt u niet gedaan?'

'Nee.'

'Waarom niet?'

Adèle van Haastricht friemelde aan de knoopjes van haar witte blouse. 'Ik wilde er niet aan,' sprak ze gehaast, nerveus. 'Ik wilde niet echt geloven dat er iets ergs met Harold was gebeurd. In een vreemde, voor mij onbegrijpelijke staat van rust en kalmte heb ik toen mijn wagentje gepakt en ben naar de Keizersgracht gegaan. Omdat er nergens een parkeerplaatsje was, heb ik wel een half uur lang hier over de gracht rondgereden tot ik eindelijk een plekje vond.'

De Cock plukte aan zijn onderlip.

'U had sleutels van het kantoor?'

Adèle van Haastricht bukte naar een tasje dat aan haar voeten stond en tilde het omhoog. 'Harold had thuis in zijn werkkamer een set reservesleutels van het kantoor. Die heb ik voor ik wegging meegenomen.'

Ze nam een bos sleutels uit haar handtasje, hield die in de palm van haar rechterhand en schudde haar hoofd. 'Ik had ze niet nodig. Alles stond open.'

De Cock pauzeerde even. Hij keek geduldig toe hoe ze met nerveuze bewegingen de sleutels weer in haar handtasje borg.

'U zag onmiddellijk, dat uw man dood was?' vroeg hij na een korte pauze.

De vrouw zette het tasje weer aan haar voeten. 'Nee,' sprak ze hoofdschuddend, 'dat zag ik niet. Toen ik hier zijn kantoor binnenstapte, haalde ik zelfs een moment opgelucht adem. Het leek net alsof Harold zittend aan zijn bureau van vermoeidheid in slaap was gevallen.'

De Cock knikte instemmend.

'Zo lijkt het. Inderdaad.'

Adèle van Haastricht veranderde van toon. 'Eerst toen ik dichtbij kwam en ik mij over hem heenboog, zag ik die plas bloed.'

'Onder zijn borst?'

'Ja.'

'Toen hebt u ons gebeld?'

De vrouw antwoordde niet direct. Haar lang ovaal gezicht kreeg een wezenloze uitdrukking.

'Daar dacht ik toen niet aan,' sprak ze fluisterend. Ze gebaarde wat vaag voor zich uit naar een stoel bij het raam. 'Ik ben daar gaan zitten... met mijn tasje op mijn schoot... nadenken over alles wat er de laatste dagen was gebeurd... de dood van die arme Herman van Hellendoorn... en de opgewonden gesprekken van de vrouwen onder elkaar tijdens het bridgen.'

Adèle van Haastricht keek naar De Cock op. Er veranderde iets in haar blik. Plotseling, in een wild gebaar, greep ze hem met beide handen aan de revers van zijn regenjas. 'U moet het arresteren,' gilde ze overspannen. 'Vastzetten... onmiddellijk... voor er nog meer slachtoffers vallen.'

De Cock keek haar niet-begrijpend aan.

'Wie... wie moet ik arresteren?'

De ogen van de vrouw rolden in hun kassen.

'Winfred van Wateringen... hij vermoordde Herman van Hellendoorn.' Ze wees met gestrekte arm naar de dode. 'Ook dat is zijn werk.'

11

Bram van Wielingen, de politiefotograaf, dreunde gehaast het kantoor van Harold van Haastricht binnen en zette zijn aluminium koffertje op de vloer. Zonder De Cock te begroeten staarde hij met een blik van verbazing naar de dode aan zijn bureau.
'Weer,' stamelde hij onthutst. 'Weer zo'n slapende vent.' Hij wendde zich tot De Cock. 'Je had van de week toch al net zo'n geval?'
De oude rechercheur knikte.
'Dat was donderdag,' antwoordde hij bedaard. 'Het is nu zaterdag.'
Bram van Wielingen keek nog eens naar de dode man.
'Dat gaat zo niet,' stelde hij wrevelig vast. 'Ik kan zo zijn gezicht niet fotograferen. Daar is bijna niets van te zien.'
De Cock wuifde nonchalant voor zich uit.
'Dan doe je dat morgenochtend op Westgaarde.'
'Weet je al wie hij is?'
De Cock knikte.
'Ene Harold van Haastricht.'
Wijdbeens, met zijn handen in de zij, staarde Bram van Wielingen enige tijd nadenkend naar de dode Van Haastricht. Na een poosje draaide hij zich om en schudde zijn hoofd.
'De Cock,' sprak hij jammerend, 'dat kun je mij niet aandoen. Echt niet. Ik kan morgen niet naar het sectielokaal op Westgaarde om plaatjes van die man te maken. Ik heb met mijn kinderen afgesproken dat ik zondag met ze zou gaan fietsen in de duinen bij Vogelenzang.'
De grijze speurder trok gelaten zijn schouders op.
'De misdaad kent geen zon- en feestdagen... wij ook niet.'
Bram van Wielingen bukte zich, deed morrend zijn aluminium koffertje open en nam daaruit zijn oude Hasselblad. Met een reeks routinegebaren monteerde hij daarop een flitslicht en kwam overeind.
'Kan het maandag niet?'
De Cock schudde zijn hoofd.
'Ik wil geen foto's van een lijk,' sprak hij beslist, 'nadat dokter Rusteloos zijn werk heeft gedaan.'
Bram van Wielingen reageerde niet direct. Hij blikte om zich heen.

'Heb je Vledder niet bij je?'
De Cock schudde zijn hoofd.
'Die is weg.'
'Waarheen?'
De Cock gebaarde naar de dode man.
'Die Van Haastricht,' legde hij geduldig uit, 'werd vanmorgen hier vermoord ontdekt door zijn eigen vrouw. Ik heb liever niet, dat ze er bij is als straks de lijkschouwer komt en de broeders met het stijve lijk gaan manoeuvreren.'
De oude rechercheur zuchtte. 'Dat is geen prettige ervaring. Daarom heb ik haar door Vledder naar huis laten brengen.' Er gleed een milde grijns over zijn breed gezicht. 'Ik ben een beetje voorzichtig geworden. Ik heb al een paar maal het verwijt te horen gekregen, dat ik de neiging heb om verse weduwen niet zorgvuldig genoeg te behandelen.'
Bram van Wielingen knikte wat afwezig. Hij beende om het bureau heen en begon te flitsen. Na twee opnamen stopte hij en liep weer op De Cock toe.
'Kun je er niet voor zorgen,' vroeg hij smekend, 'dat die vent vandaag nog wordt opengesneden, dan kan ik morgen toch met de...'
De oude rechercheur luisterde niet verder. Hij draaide zich abrupt om. In de deuropening ontwaarde hij de kleine gestalte van dokter Den Koninghe. Achter hem, hoog boven hem uit, torenden twee geüniformeerde broeders van de gemeentelijke geneeskundige dienst met hun onafscheidelijke brancard.
De Cock liep op de lijkschouwer toe en begroette hem hartelijk. Daarna wuifde hij achter zich naar de dode aan zijn bureau.
'Het lijkt wel een duplicaat van die moord aan de Binnenkant.'
Dokter Den Koninghe nam zijn groen uitgeslagen garibaldi-hoed af en keek even speels omhoog. De grijze ogen achter zijn metalen brilletje glansden ondeugend.. 'Het is nu,' vroeg hij quasi verward, 'hoop ik... toch wel een andere man?'
Zonder werkelijk een antwoord te verwachten, liep hij grijnzend langs de grijze speurder en schouwde de dode Harold van Haastricht van alle kanten. Daarna knikte hij traag voor zich uit. 'Ook verrast,' sprak hij zacht.
De Cock keek hem niet-begrijpend aan.
'Verrast?' vroeg hij.
Dokter Den Koninghe knikte.

'Deze man en ook die vorige in zijn kantoor aan de Binnenkant... zijn beiden totaal verrast de dood ingejaagd.'
De Cock fronste zijn wenkbrauwen.
'Hoe bedoelt u dat?'
Dokter Den Koninghe gebaarde naar het bureau.
'Terwijl hun moordenaar al voor hen stond, zijn ze beiden heel rustig... totaal nietsvermoedend... in hun stoel achter hun bureau blijven zitten... tot de kogels in hun borst sloegen... zij ineenkrompen en vooroverzakten.'
De Cock kauwde peinzend op zijn onderlip.
'U hebt gelijk,' sprak hij toonloos. 'De dood kwam voor hen als een verrassing.'

Toen Vledder in het politiebureau aan de Warmoesstraat de grote recherchekamer binnenstapte, keek De Cock vragend naar hem op.
'Heb je mevrouw Van Haastricht netjes thuisgebracht?'
Vledder knikte.
'Ze sputterde eerst wat tegen. Mevrouw wilde geen politie-escorte. Ook toen ik bleef aandringen wenste zij in haar eigen wagentje naar huis te rijden, maar dat heb ik niet toegestaan. In de toestand waarin zij verkeerde, vond ik dat niet verantwoord.'
De Cock kneep zijn ogen half dicht.
'Jij vond, dat ze nogal in de war was?'
'Zeker. Ze dreigde een paar maal door haar knieën te zakken. Als ik haar niet had ondersteund, hadden de broeders van de geneeskundige dienst haar gelijk met haar man kunnen meenemen.'
'Zo erg?'
'Absoluut.'
'Je hebt haar in onze Golf gezet?'
Vledder knikte opnieuw.
'Haar wagentje is op de gracht blijven staan.'
'Waar woont ze?'
De jonge rechercheur plooide zijn gezicht in een glans van diepe bewondering. 'De familie Van Haastricht is goed gehuisvest... een fraai ogende villa aan de Keizer Karelweg in Amstelveen. Ook vanbinnen schitterend ingericht.'
De Cock wuifde in zijn richting.
'Jij bent binnen geweest?'
Vledder maakte een hulpeloos gebaar.

'Ik moest wel. Ze werd steeds duizelig... bungelde aan mijn arm. Op mijn verzoek heeft ze haar huisarts gebeld. Die zou even komen kijken.'
De Cock keek zijn jonge collega glimlachend aan.
'Heel goed,' reageerde hij waarderend. 'Dat voorkomt klachten.'
Vledder wuifde achter zich.
'Ik ben nog even terug geweest aan de Keizersgracht, maar alles en iedereen was al weg en de buitendeur verzegeld.'
De Cock klopte lachend op zijn borst.
'Dat heb ik dit keer gedaan.' De oude rechercheur zweeg even; staarde peinzend voor zich uit. 'En ik heb een verzoek aan jou.'
Vledder keek hem verrast aan.
'Aan mij?'
De Cock knikte met een ernstig gezicht.
'Zie dat je dokter Rusteloos in Den Haag bereikt en probeer de patholoog-anatoom zover te krijgen, dat hij vanmiddag nog naar Westgaarde komt om de gerechtelijke sectie te doen.'
Vledder fronste zijn wenkbrauwen.
'Waarom?'
'Door de houding van het lijk kon Bram van Wielingen het gezicht van Harold van Haastricht niet fotograferen en ik wil ook een serie foto's van de verwondingen aan de borst.'
'En? Dat kan morgen toch?'
De Cock zuchtte.
'Bram van Wielingen heeft zijn kinderen beloofd, dat hij morgen, zondag, met hen zou gaan fietsen in de duinen bij Vogelenzang.'
Vledder zwaaide heftig.
'Die vent heeft altijd wat,' riep hij opgewonden. 'Of hij heeft kaartjes voor een voorstelling... of hij heeft een feestje... of zijn vrouw is jarig... of hij moet fietsen met zijn kinderen. Waarvoor denkt die man dat hij bij de politie is?'
De Cock spreidde zijn beide handen.
'Omdat hij een boterham moet verdienen.'
Het klonk laconiek.
Vledder snoof.
'Dat is toch geen dienstopvatting? Met dergelijke mensen kun je toch niet...' De jonge rechercheur stokte. Er werd op de deur van de grote recherchekamer geklopt. Even keken de beide rechercheurs elkaar aan. Toen riep Vledder: 'Binnen.'

De deur ging met een ruk open en in de deuropening verscheen een grote, zwaargebouwde man. De Cock schatte hem begin veertig. Hij had een rood, vlezig bolrond gezicht, groene, diep weggezonken ogen en dun stroblond haar dat met een scheiding in het midden op zijn schedel leek geplakt. Een grijs flanellen kostuum hing slobberig om zijn lijf.
Met dreunende stappen kwam hij naderbij. Met zijn beide handen steunend op het bureau van De Cock, boog hij zich ver naar voren. 'Ik doe een klacht,' riep hij kwaad. 'Een klacht terzake belediging, smaad, laster... of hoe dat ook heten mag.'
De grijze speurder blikte onbewogen naar hem op en wees naar de stoel naast zijn bureau. 'Gaat u daar zitten,' gebood hij streng. 'Ik heb niet graag dat iemand half over mij heen hangt.'
De man keek De Cock even schattend aan. Toen liet hij zich op de stoel zakken en wiste met een witte zakdoek het zweet van zijn gezicht. 'Ik ben geen moordenaar,' verzuchtte hij. 'En ik wil ook niet, dat men mij van een moord beticht.'
De Cock trok zijn wenkbrauwen samen.
'U wordt van moord beticht?' vroeg hij verrast.
De man knikte nadrukkelijk. Hij schoof de mouw van zijn colbert terug en wierp een vluchtige blik op zijn polshorloge. 'Ongeveer een kwartier geleden,' sprak hij hijgend, 'werd ik in mijn kantoor aan de Prinsengracht opgebeld door een vrouw, die mij door de telefoon woedend toeriep dat ik een moordenaar was... een tweevoudige moordenaar. Ik zou in een week tijd twee mensen hebben omgebracht.'
De Cock keek de man scherp aan.
'Wie was die vrouw?'
'Adèle... Adèle van Haastricht.'
'En u bent?'
De man hanteerde opnieuw zijn witte zakdoek.
'Winfred van Wateringen.'

De Cock liet zich enigszins geschrokken in zijn stoel achter zijn bureau terugzakken. De plotselinge confrontatie met de man, die door zowel Sybille van Hellendoorn als door Adèle van Haastricht als de moordenaar van hun respectieve echtgenoten werd gezien, had hem zichtbaar verrast.
Hij keek de man voor zich nog eens aan... scherp, analyserend...

het rode, zwetende bolronde gezicht... de diep weggezonken groene ogen... het slobberige flanellen kostuum. Hij begreep iets van de aantijgingen. De gestalte, de verschijning van Winfred van Wateringen wekte weerzin.
De Cock streek met de pink van zijn rechterhand over de rug van zijn neus. Tussen zijn wijd gespreide vingers door bleef de grijze speurder oplettend naar de man kijken.
Was deze man, zo overdacht hij koel, een gruwelijk beestmens... een afschuwelijk wezen, iemand die voor goed geld zelfs bereid was om zijn eigen moeder koud te maken... een man van wie verwacht werd dat door zijn toedoen nog meer slachtoffers zouden vallen?
De grijze speurder plukte aan zijn onderlip en besloot om hem uiterst omzichtig te benaderen.
'Kent u mevrouw Van Haastricht?'
'Ik heb haar een keer ontmoet op een of andere receptie.'
'Verder nooit enig contact met haar gehad?'
'Nee.'
De Cock glimlachte.
'Hoe kan zij u dan van moord betichten?'
Winfred van Wateringen maakte een hulpeloos gebaar.
'Weet ik veel? Dat... eh, dat mens is gek... zegt zo maar wat.'
De Cock keek naar hem op.
'Is dat zo?'
'Wat bedoelt u?'
'Is mevrouw Van Haastricht niet bij zinnen? Ze maakte op mij een vrij normale indruk.'
Winfred van Wateringen verschoof iets op zijn stoel.
'Haar man is vermoord. Dat zal haar best hebben aangegrepen. Maar Adèle van Haastricht heeft geen enkele reden om mij van moord op haar man te beschuldigen. Net zomin heeft zij recht om te beweren, dat ik Herman van Hellendoorn heb omgebracht. Dat is gewoon kletspraat. Die vrouwen zoeken een zondebok... en dat moet ik dan maar zijn.'
De Cock keek hem verwonderd aan.
'Beschuldigen de andere vrouwen u dan ook?'
Winfred van Wateringen zuchtte diep.
'Dat neem ik aan,' riep hij wanhopig. 'Gistermiddag heeft Sybille van Hellendoorn mij gebeld. Zij liet mij in bedekte termen weten, dat zij min of meer de overtuiging had, dat ik verantwoordelijk was

voor de dood van haar man.' Hij zweeg even; maakte een schouderbeweging. 'Ik heb toen niet zo geëmotioneerd gereageerd als nu... maar de maat is vol. Ik neem het niet langer.'
De Cock hield zijn hoofd iets schuin.
'Wat zegt uw vrouw van die beschuldigingen?'
Het bolronde gezicht van de man versomberde. 'Ik heb al jaren het idee, dat Henriette niet meer volledig achter mij staat.'
De Cock wuifde.
'Dat ze u niet meer te vuur en te zwaard tegen aantijgingen verdedigt?'
De beeldspraak ontlokte Winfred van Wateringen een moede glimlach. 'Mijn wetenschappelijk werk vergt veel tijd en aandacht,' reageerde hij gelaten. 'Ik ben bang, dat ik Henriette te veel heb verwaarloosd. Ons huwelijk is gedevalueerd tot een vast patroon van emotieloos naast elkaar leven.'
De Cock knikte begrijpend.
'U was lid van Brain Trust?'
'Dat ben ik nog. Brain Trust heeft in Van Hellendoorn en Van Haastricht twee belangrijke mensen verloren, maar is niet opgeheven. Misschien vinden we nog een basis om verder te gaan.'
'Aan de uitvinding van Brain Trust, die leidt tot een belangrijke brandstofbesparing, hebt u een wezenlijke bijdrage geleverd?'
Winfred van Wateringen knikte nadrukkelijk.
'Zeker heb ik die geleverd,' antwoordde hij fel. 'Ik durf zelfs te stellen, dat zonder mijn bijdrage de uitvinding nooit tot stand was gekomen.'
De Cock strekte zijn rechterhand naar hem uit,
'Was dat de reden, dat u zich zo opwond over het gedrag van Van Hellendoorn?'
'U bedoelt, dat hij weigerde om de formule uit te leveren?'
De Cock fronste zijn wenkbrauwen.
'Als ik goed ben geïnformeerd,' antwoordde hij voorzichtig, 'dan hield hij de openbaarmaking van de uitvinding tegen?'
Op de vlezige wangen van Winfred van Wateringen verschenen blosjes van opwinding. 'Het was roof,' riep hij woedend. 'Pure diefstal. Van Hellendoorn had geen enkel recht om de openbaarmaking van de uitvinding tegen te houden. We hadden onder leiding van Van Hellendoorn alle vier ons aandeel aan de uitvinding geleverd... en hadden alle vier dezelfde rechten. Door zijn leiderschap

in het project bezat Van Hellendoorn de totale formule... en die wilde hij niet afgeven.'
De Cock spreidde zijn beide handen.
'Waarom... waarom weigerde Van Hellendoorn de formule af te geven?'
Winfred van Wateringen snoof.
'Hij vond het te gevaarlijk. Herman van Hellendoorn was van mening, dat hij omwille van de uitvinding zou worden vermoord.'
De Cock trok een denkrimpel in zijn voorhoofd.
'Dat gevaar gold toch in feite voor allen die aan de uitvinding hadden meegewerkt?'
Winfred van Wateringen knikte heftig.
'Precies. Dat hebben we hem ook proberen duidelijk te maken.'
De Cock ging onverstoorbaar verder.
'Is het waar, dat Harold van Haastricht heeft gedreigd om Van Hellendoorn overhoop te schieten als hij bij zijn weigering bleef?'
Winfred van Wateringen keek hem wantrouwend aan.
'Hoe komt u aan die informatie?'
De Cock schudde zijn hoofd.
'Dat doet niet terzake... is het waar?'
De man knikte traag.
'Harold van Haastricht was ten einde raad.'
De Cock keek hem verrast aan.
'Waarom?'
Winfred van Wateringen liet zijn hoofd zakken.
'Hij had de uitvinding al aan een oliemaatschappij verkocht.'

12

De Cock boog zich met een ruk naar voren.
'Wat?' riep hij onthutst. 'Had Harold van Haastricht de uitvinding al verkocht?'
Winfred van Wateringen knikte.
'Aan een grote oliemaatschappij. Ik zal u de naam niet noemen. Dat doet ook weinig terzake.'
'En wisten de anderen dat?'
Winfred van Wateringen schudde zijn hoofd.
'Aanvankelijk niet. Het was een persoonlijke actie van Harold van Haastricht. Hij wilde weten wat zo'n uitvinding maatschappelijk gezien waard was en nam contact op met een grote oliemaatschappij... naar de overtuiging van Harold van Haastricht een potentiële belanghebbende.'
'En?'
'Volgens Harold van Haastricht was men direct hevig geïnteresseerd. Ze boden hem voor de rechten van de uitvinding een fabelachtig bedrag.'
De Cock fronste zijn wenkbrauwen.
'Nam hij dat aan?'
Winfred van Wateringen maakte een hulpeloos gebaar.
'Dat weet ik niet,' antwoordde hij geprikkeld. 'Ik bedoel, ik weet niet of Harold van Haastricht voor zich privé nog iets heeft bedongen... buiten het bedrag om dat hij ons noemde.'
De Cock bracht in een gebaar van wanhoop zijn beide handen naar zijn voorhoofd. 'Vier mannen,' riep hij ongelovig, 'vier geleerde mannen met een meer dan normale intelligentie... doen gezamenlijk een uitvinding en een van hen verkoopt de uitvinding zo... zonder dat de anderen daar iets van weten? Bestond er dan geen contract... een overeenkomst?'
Winfred van Wateringen zuchtte.
'Wat Harold van Haastricht deed was uiteraard niet juist,' sprak hij afkeurend. 'Hij had geen recht om namens ons allen op te treden. Dat hebben we hem ook uitdrukkelijk gezegd. De leiding berustte van het begin af aan bij Van Hellendoorn.'
De Cock gebaarde voor zich uit. 'Van Haastricht heeft dus de anderen van zijn relatie met de oliemaatschappij verteld?'

'Er zat voor Harold niets anders op. Hij moest wel. Herman van Hellendoorn bezat de gehele formule en zonder hem kon Van Haastricht zijn afspraken met de bewuste oliemaatschappij niet nakomen.'
De Cock trok rimpels in zijn voorhoofd.
'Heeft Van Haastricht gezegd welke afspraken hij met die oliemaatschappij had gemaakt?'
'Niet exact. Harold van Haastricht zei, dat hij tijdens de onderhandelingen bepaalde concessies had gedaan... had beloofd, dat de uitvinding van Brain Trust in ieder geval niet aan een andere oliemaatschappij zou worden overgedragen.'
'Hoe reageerden de anderen?'
'Van Brain Trust?'
'Ja.'
Winfred van Wateringen hield zijn rechterhand voor zijn borst. 'Ik... eh,' sprak hij aarzelend, 'ik was het in grote trekken wel met Harold van Haastricht eens... het leek mij een goede zaak om de uitvinding zo snel mogelijk te gelde te maken. Ik wilde alleen nog een paar andere oliemaatschappijen benaderen om te zien of er nog gunstiger condities te bedingen waren.'
'Is dat gebeurd?'
Winfred van Wateringen schudde zijn hoofd.
'Maar nadat Harold van Haastricht mij had uitgelegd, dat die mogelijkheid in feite was uitgesloten, omdat de oliemaatschappij waarmee hij in zee was gegaan, natuurlijk op exclusiviteit had aangedrongen, heb ik daarin berust.'
Op het gezicht van De Cock verscheen een trieste glimlach. 'Het grote struikelblok voor u beiden was Hermanus van Hellendoorn.'
Winfred van Wateringen knikte.
'Toen Harold van Haastricht ons tijdens een in haast belegde bijeenkomst van zijn onderhandelingen met die grote oliemaatschappij vertelde, was Van Hellendoorn woest... buiten zinnen. Hij weigerde botweg om in een verkoop van de uitvinding toe te stemmen en de formule af te staan.'
'Waarom... waarom was hij kwaad?'
Winfred van Wateringen gebaarde heftig.
'Van Hellendoorn verweet Harold van Haastricht in de eerste plaats zijn eigenmachtig optreden... noemde het een dolksteek in de rug van een vriend.'

'Zij waren vrienden?'
'Zeker. Ze kenden elkaar al heel lang... van ver voor de oprichting van Brain Trust.'
'Waren er nog meer verwijten... buiten dat eigenmachtig optreden?'
Winfred van Wateringen knikte.
'Van Hellendoorn was van mening, dat Van Haastricht een totaal verkeerde weg had gevolgd... een uiterst gevaarlijke weg.'
'In welk opzicht?'
'Herman van Hellendoorn vond, dat door het gedrag van Van Haastricht... hij noemde het een stom gedrag... de uitvinding was nog niet eens gepatenteerd... zijn leven ernstig in gevaar was gebracht. Volgens hem zouden de machtige oliemaatschappijen nooit toestaan dat hun omzet en daarmee ook hun verdiensten met ruim een kwart zouden verminderen.'
De Cock fronste zijn wenkbrauwen.
'Maar Van Haastricht had toch al een aanbod van een oliemaatschappij op zak?'
Winfred van Wateringen knikte.
'Maar Van Hellendoorn zei er van overtuigd te zijn, dat een eventuele aankoop niet ten doel had de uitvinding ook te gebruiken, maar om die voor eeuwig in een kluis op te bergen.'
De Cock keek hem vragend aan.
'U en de heer Van Haastricht deelden die mening niet?'
Winfred van Wateringen schudde zijn hoofd.
'Uiteraard begrepen ook wij,' sprak hij rustig, 'dat aan de uitvinding gevaren kleefden. Vooral Harold van Haastricht zag dat heel duidelijk. Maar hij was van mening, dat de verkoop van die uitvinding ons juist buiten die gevarenzone bracht. Daarbij stelde hij, dat het hem, Van Haastricht, totaal niet interesseerde of die oliemaatschappij de uitvinding al dan niet zou gebruiken. Het bedrag dat de maatschappij bereid was om voor de uitvinding te betalen, vond hij belangrijk genoeg.'
'Was dat ook uw mening?'
Winfred van Wateringen knikte.
'Ik ben meer realist dan idealist.'
'En Van Hellendoorn bleef weigeren?'
'Ja.'
'En Harold van Haastricht had die oliemaatschappij concessies gedaan.'

'Ja.'
'En er bestond een tijdslimiet?'
'Ja.'
De Cock trok zijn schouders iets op en spreidde zijn beide handen.
'Er bleef Harold van Haastricht in feite niet veel keus,' stelde hij diep zuchtend vast.
'Op woensdagavond reed hij met zijn wagen naar de Binnenkant, waar hij wist dat Van Hellendoorn in zijn kantoor zat te werken... schoot hem een paar kogels in zijn borst en nam uit de open brandkast de betwiste formule weg.' De oude rechercheur keek op; zweeg even voor het effect. 'Of was u dat... heer Winfred van Wateringen?'

'Ik heb met Rijswijk gebeld.'
De Cock keek zijn jonge collega niet-begrijpend aan.
'Rijswijk?'
Vledder knikte.
'Het laboratorium voor Gerechtelijke Pathologie. Dokter Rusteloos is bereid om nog vanmiddag op Westgaarde de sectie te doen. Het kwam hem zelfs beter uit dan morgen. Hij krijgt zondag bezoek.'
De Cock glimlachte.
'Bel Bram van Wielingen. Dan kan hij morgen met zijn kinderen gaan fietsen.'
Vledder knikte.
'Maar ik zal hem vanmiddag bij de sectie wel vertellen, dat het de laatste keer is dat...'
De telefoon op het bureau van De Cock rinkelde. Vledder stokte, boog zich ver naar voren en nam de hoorn van het toestel. Al na luttele seconden legde hij de hoorn op het toestel terug en wees voor zich uit. 'Het was commissaris Buitendam. Je moet bij hem komen... onmiddellijk.'
'Zei hij waarvoor?'
Vledder schudde zijn hoofd.
'Hij was nogal kortaf.'

Commissaris Buitendam, de lange statige politiechef, wuifde met een slanke hand. 'Kom binnen, De Cock,' sprak hij geaffecteerd. 'Ik zal je geen stoel aanbieden. Je zult er toch wel de voorkeur aan geven om te blijven staan.'

De grijze speurder zette zijn benen in een kleine spreiding en trok zijn gezicht strak.
'Inderdaad.'
Buitendam bracht zijn handen naar voren en drukte de vingertoppen tegen elkaar. 'Ik heb begrepen, dat jij vanmorgen opnieuw een geleerde... een man van de wetenschap, vermoord hebt aangetroffen.'
De Cock keek zijn chef argwanend aan.
'Hoe weet u dat?' vroeg hij verrast. 'Er is, zover ik weet, nog niets gerapporteerd. Daar zijn we nog niet aan toegekomen.'
Buitendam negeerde de vraag.
'Weet je al iets? Heb je al aanwijzingen in de richting van een dader?'
De Cock schudde zijn hoofd.
'Geen enkele.'
Commissaris Buitendam toonde verbazing.
'De heer Van Hellendoorn werd donderdagmorgen vermoord in zijn kantoor aangetroffen. Het is nu zaterdag. Ik mag aannemen dat je die tussenliggende dagen niet in ledigheid hebt doorgebracht?'
De Cock grinnikte.
'Le-dig-heid,' herhaalde de oude rechercheur op spottende toon. Hij schudde zijn hoofd. 'Vanzelfsprekend heb ik mijn dagen niet in le-dig-heid doorgebracht. Maar moordenaars dragen nu eenmaal geen rugnummers en ze lopen ook niet met een opgestoken vingertje rond.'
Buitendam trok zijn stoppelige wenkbrauwen samen.
'Je hebt dus wel onderzoek verricht?' vroeg hij gemelijk.
De Cock trok een grijns.
'Daar ben ik door de gemeenschap voor ingehuurd.'
Buitendam wuifde voor zich uit.
'Je hebt je niet aan de afspraak gehouden.'
'Welke afspraak?'
'Dat je daden van onderzoek eerst aan mij zou voorleggen.'
De Cock schudde zijn hoofd.
'Ik heb een dergelijke afspraak niet gemaakt... en zal dat ook niet doen.'
Commissaris Buitendam zuchtte.
'In Den Haag maakt men zich zorgen.'
De Cock plukte aan zijn neus.

'Over die uitvinding,' vroeg hij cynisch, 'of over die twee mensen die werden vermoord?'
Buitendam boog zich iets naar voren.
'De Binnenlandse Veiligheidsdienst,' sprak hij streng, 'waakt over gewichtige belangen van de Staat. Dat is hun taak. Zowel de uitvinding zelf, als de geleerden die deze belangrijke vinding uitdachten, vormen zulke gewichtige belangen.'
De Cock voelde hoe de woede in zijn aderen sloop.
'Het wordt dan waarachtig tijd,' siste hij van tussen zijn tanden, 'dat de Binnenlandse Veiligheidsdienst haar geheimzinnigheid aflegt en haar waakzaamheid verscherpt... onder hun veiligheid en waakzaamheid zijn twee geleerde mensen vermoord... en dat lijkt mij niet de aangewezen manier om de gewichtige belangen van de Staat te dienen.'
Op het lange bleke gezicht van commissaris Buitendam verschenen blosjes van opwinding. Hij kwam met een ruk uit zijn stoel overeind en wees trillend met zijn hand naar de deur.
'Eruit.'
De Cock ging.

Toen Vledder na de gerechtelijke sectie de recherchekamer binnenstapte en zich in zijn stoel achter zijn bureau liet zakken, keek hij De Cock enige tijd onderzoekend aan.
'Wat wilde Buitendam van je?'
De grijze speurder maakte een schouderbeweging.
'Hetzelfde als de vorige keer... vooraf zeggen wat ik zal gaan doen. Maar dat kan hij voorlopig wel vergeten.' De oude rechercheur wuifde voor zich uit. 'Heb jij al iets van die moord op Van Haastricht in het mutatierapport laten zetten?'
Vledder schudde zijn hoofd.
'Daar heb ik nog geen tijd voor gehad.'
'Buitendam wist al van die moord af.'
Vledder reageerde verrast.
'Hoe?'
De Cock krabde zich achter in zijn nek.
'Ik denk via de Beeveedee,' antwoordde hij voorzichtig. 'En ik begin nu ook te begrijpen hoe de Beeveedee van die uitvinding wist.'
'Nou?'
'Van Haastricht. Nadat Van Haastricht met een grote oliemaat-

schappij over de uitvinding had onderhandeld, zal er beslist overleg zijn geweest op hoog niveau. Je moet bedenken, dat zo'n uitvinding wereldwijde gevolgen kan hebben. Ik vermoed, dat vanaf dat moment de luitjes van Brain Trust door de Beeveedee zijn geschaduwd.'

Vledder keek hem met grote ogen aan.

'Maar ze hebben toch die beide moorden niet kunnen voorkomen.'

De Cock kneep zijn lippen op elkaar.

'Dat heb ik commissaris Buitendam ook verweten.'

Vledder lachte.

'Toen stuurde hij jou zijn kamer af?'

'Precies.'

De lach op het gezicht van Vledder verdween weer.

'Tijdens de rit van Westgaarde naar de kit heb ik alles nog eens overdacht,' sprak hij ernstig. 'Ik vind niet, dat we er glorieus voorstaan. Harold van Haastricht was in mijn ogen een redelijke verdachte inzake de moord op Hermanus van Hellendoorn... een man met een motief.' De jonge rechercheur spreidde zijn beide handen. 'Maar Van Haastricht is dood.'

De Cock knikte traag.

'En "beestmens" Winfred van Wateringen,' vulde hij somber aan, 'die door de dames Van Hellendoorn en Van Haastricht als de absolute moordenaar wordt getipt, ontkent in alle toonaarden.'

Vledder glimlachte.

'Ondanks zijn... eh, zijn onsympathiek uiterlijk vond ik die Van Wateringen toch niet sluw of glibberig. Hij bekende ons toch openhartig, dat hij met Van Haastricht op één lijn zat... het kon die twee niet schelen wat er met de uitvinding gebeurde... als die maar geld opbracht.'

De Cock knikte instemmend. Plotseling begon de oude rechercheur te grinniken. 'Het is merkwaardig,' sprak hij hoofdschuddend, 'maar voor de moord op Van Haastricht ken ik in feite maar één redelijke verdachte... Hermanus van Hellendoorn.'

Vledder knikte triest voor zich uit.

'En ook die is dood.'

Een tijdlang zaten de beide rechercheurs zwijgend tegenover elkaar. Buiten kwam het sexbedrijf langzaam op gang. Door het open raam zweefden flarden muziek uit de cafés de recherchekamer binnen.

Vledder wees knorrend omhoog naar een defecte, hinderlijk zoemende TL-balk.
'Wanneer doen ze er eindelijk eens een andere buis in?' riep hij geprikkeld. 'Dat ding is al eeuwenlang kapot.'
De Cock fronste zijn wenkbrauwen.
'Dat heb ik je nog vergeten te vragen... hoe was de sectie vanmiddag?'
Op het gezicht van Vledder verscheen weer een glimlach.
'Bram van Wielingen was ons hemels dankbaar,' reageerde hij vrolijk. 'Onze fotograaf zei, dat hij ons beiden vanavond uitdrukkelijk in zijn gebeden zou gedenken.'
De Cock trok een bedenkelijk gezicht.
'Van Wielingen kennende,' reageerde hij voorzichtig, 'weet ik niet wat ik mij daarbij nu precies moet voorstellen.' De grijze speurder zweeg even; veranderde toen van onderwerp.
'Zei dokter Rusteloos nog iets... iets bijzonders?'
Het gezicht van Vledder betrok. Hij sloot even zijn beide ogen, tastte toen naar de rechter zijzak van zijn colbert en diepte daaruit een doorschijnend plastic zakje op. Met een achteloos gebaartje wierp hij het De Cock toe. 'Kogels... vier kogels heeft Dokter Rusteloos uit zijn lijf gepeuterd.'
De Cock bekeek ze aandachtig.
'Kaliber zeven punt tweeënzestig.'
Vledder knikte.
'Uit dezelfde revolver... een Nagant 7.62 mm.'

13

'Weet je het zeker?'
Vledder wees naar het doorschijnende plastic zakje in de hand van De Cock. 'Arjan Waayer, onze wapendeskundige, is op zaterdag meestal vrij,' legde de jonge rechercheur uit. 'Maar ik ken hem vrij goed. Ik heb nog eens cricket met hem gespeeld bij ACC. Hij woont nu in Osdorp aan het Blomwijckerpad, ongeveer op de route van Westgaarde naar de Warmoesstraat. Ik ben even bij hem op bezoek geweest en heb hem deze kogels laten zien.'
'En?'
Vledder maakte een verontschuldigend gebaartje.
'Hoewel Arjan Waayer het uiteraard in het laboratorium aan het hoofdbureau nog met een vergelijkingsmicroscoop moet verifiëren, zei hij vrijwel onmiddellijk er van overtuigd te zijn, dat deze kogels afkomstig zijn uit dezelfde revolver als die waarmee een paar dagen geleden Hermanus van Hellendoorn werd vermoord.'
'Een Nagant 7.62 mm.'
'Ja.'
'Een vuistwapen van het oude Russische leger.'
'Precies.'
De Cock krabde zich achter in zijn nek.
'Weet je wat dat betekent?'
Vledder knikte.
'Dat Harold van Haastricht, ondanks zijn voor de hand liggend motief, niet de moordenaar was van Hermanus van Hellendoorn... tenzij Harold van Haastricht met zijn eigen wapen werd vermoord.'
De Cock schudde langzaam zijn hoofd.
'Dat lijkt mij niet aannemelijk,' sprak hij bedachtzaam.
'Waarom niet?'
De Cock maakte een schouderbeweging.
'Dat zou betekenen,' stelde hij, 'dat iemand met de wetenschap rondliep, dat Van Haastricht zijn oude vriend Herman van Hellendoorn neerschoot... daarna op een of andere manier diens oude Russische revolver bemachtigde om daarmee diezelfde Van Haastricht van het leven te beroven.'
Vledder keek hem verwonderd aan.
'Is dat onmogelijk?'

De Cock schudde opnieuw zijn hoofd.
'Men mag als rechercheur uiteraard geen enkele mogelijkheid uitsluiten,' reageerde hij rustig, 'maar dat gaat mij toch iets te ver.'
'In welk opzicht?'
'Het is naar mijn gevoel, te gekunsteld... te gecompliceerd.'
'Waarom? Wij zijn in het verleden de vreemdste zaken tegengekomen.'
De Cock knikte.
'Maar gezien het vrijwel identieke beeld van de beide moorden, ben ik veel meer geneigd om van de gedachte uit te gaan, dat zowel Van Hellendoorn als Van Haastricht door een en dezelfde moordenaar om het leven zijn gebracht.'
'Met als motief?'
De Cock wuifde voor zich uit.
'Het bezit van de formule... en daaraan gekoppeld... het vele geld van de oliemaatschappij.'
Vledder kneep zijn ogen half dicht en trok een bedenkelijk gezicht.
'Toch klopt er dan iets niet,' sprak hij wrevelig.
De Cock gebaarde uitnodigend.
'Zeg het.'
De jonge rechercheur streek met de palmen van zijn handen langs zijn voorhoofd. 'Als wij uitgaan van één en dezelfde dader voor beide moorden,' formuleerde hij voorzichtig, 'met als motief het bezit van de formule van de uitvinding van Brain Trust... dan was de recente moord op Harold van Haastricht mijns inziens volkomen zinloos.'
De Cock fronste zijn wenkbrauwen.
'Hoezo?'
Vledder glimlachte fijntjes.
'De moordenaar was na zijn eerste moord... de moord op Hermanus van Hellendoorn... toch reeds in het bezit van de begeerde formule? Hij kon die na zijn daad heel simpel in dat kantoor aan de Binnenkant uit de open brandkast pakken. Waarom zou hij daarna nog eens het risico nemen om Van Haastricht in zijn kantoor neer te schieten? Daarvoor ontbreekt dan het motief.'
De Cock keek zijn jonge collega bewonderend aan.
'Heel goed,' riep hij enthousiast. 'Dat is een glaszuivere redenering.'
Vledder bloosde onder de lof.

'Heb ik gelijk?'
De Cock knikte overtuigend.
'We weten, dat na de moord op Van Hellendoorn de formule van de uitvinding van Brain Trust uit de oude brandkast was verdwenen. Als Van Haastricht door dezelfde man werd vermoord, dan moet voor die moord inderdaad een ander motief gelden.'
Vledder grijnsde.
'Of het was niet dezelfde moordenaar.'
De Cock zakte nadenkend in zijn stoel achteruit.
'Maar het was wel hetzelfde wapen.'

De Cock had moeie voeten. Plotseling voelde hij ze. Het was op het moment dat zijn discussie met Vledder over de kogels uit de oude Nagant-revolver 7.62 mm eindigde en hij zich in zijn stoel liet terugzakken.
Hij leunde nog verder achterover en legde zijn voeten op een hoek van zijn bureau. Met een van pijn vertrokken gezicht bevoelde hij zijn kuiten. Het was alsof geniepige kleine duiveltjes uit pure boosaardigheid met duizend scherpe spelden in zijn kuiten prikten.
De Cock kende de pijn, die uit de holten van zijn voeten kwam, langs zijn hielen omhoog trok en zich vastzette in zijn kuiten. Hij wist ook wat die pijn betekende. Telkens als de zaken slecht liepen, als hij het machteloze gevoel had volkomen in het duister te tasten, geen enkele vooruitgang meer te boeken, gaven die helse duiveltjes acte de présence.
Vledder keek hem bezorgd aan.
'Zijn ze er weer?'
De grijze speurder knikte en sloot zijn ogen. Minutenlang bleef hij zo zitten, bewegingloos en geconcentreerd. Zijn markant gezicht leek een stalen masker. Om de pijn te verdrijven zette hij zijn tanden stevig in zijn onderlip.
'Het trekt alweer wat weg,' sprak hij mat.
Vledder keek hem droevig aan.
'Is het werkelijk zo erg?'
'Wat?'
De jonge rechercheur wees naar De Cocks pijnlijke onderdanen.
'Die... eh, die duiveltjes... dat je er geen gat meer in ziet?'
De Cock nam zijn benen van zijn bureau, trok de pijpen van zijn pantalon iets op en begon langs zijn kuiten te wrijven.

'Die pijn verdwijnt wel weer,' sprak hij zuchtend. 'Duurt hoogstens een paar minuten. Wat blijft is een angstig voorgevoel.'
Vledder keek hem vragend aan.
'Wat voor een voorgevoel?'
De Cock liet zijn broekspijpen zakken.
'Na twee moorden en drie lange dagen van intensief speuren zijn we in deze zaak in feite nog geen stap verder gekomen.' De oude rechercheur schudde met een bedroefd gezicht zijn hoofd. 'En dat terwijl ik de Haagse Beeveedee zo graag een paar stappen voor had willen blijven.'
'Dat kan toch nog?'
Het gezicht van De Cock betrok.
'Dat voorgevoel...'
Vledder keek zijn oudere collega met een blik vol ongeloof aan.
'Je denkt,' onderbrak hij De Cock geschrokken, 'dat we er niet uitkomen... dat wij de moordenaar nooit zullen vatten?'
De Cock keek op.
'Dat kan toch? Hoeveel moorden blijven er in ons land niet onopgelost?'
Vledder schudde resoluut zijn hoofd.
'Niet bij ons, ik bedoel, niet bij jou. Zolang wij samen zijn... ik kan mij niet herinneren, dat wij ooit een zaak hebben laten zakken.'
Op het gezicht van De Cock brak een glimlach door.
'Misschien is het bijgeloof.'
'Wat?'
'Dat mijn moeie voeten iets met de stand van ons onderzoek te maken hebben.'
Vledder lachte bevrijd.
'Vast. Ik heb mij laten vertellen, dat alle oude Urkers een tikkeltje bijgelovig zijn.'
De Cock reageerde niet. Hij kwam moeizaam uit zijn stoel overeind. Met een van pijn vertrokken gezicht, zo nu en dan nog aan zijn kuiten voelend, begon hij door de grote recherchekamer te stappen. Er moest toch, zo overdacht hij, een doorbraakmogelijkheid zijn, een middel om uit de impasse te geraken?
Na enige tijd bleef hij voor het bureau van Vledder staan. De grijze speurder wees achter zich naar de klok boven de deur van de grote recherchekamer.
'Het is kwart over tienen,' sprak hij gedragen. 'Ga naar huis en

beleef morgen de zondag, zoals ieder christelijk mens... als een gewijde rustdag.'
Vledder keek hem achterdochtig aan.
'En jij?'
De Cock liep naar de kapstok.
'Ik heb nog een missie.'

Handige Henkie, ex-inbreker en oud-vriend van De Cock, keek vanuit zijn fauteuil omhoog.
'Wanneer?' vroeg hij verrast.
'Nu.'
'Vanavond nog?'
'Ja.'
De oude inbreker wees voor zich uit naar het scherm van zijn televisietoestel. 'Ik heb bij de videotheek een paar films gehuurd. Dat doe ik elk weekend.'
De Cock gebaarde achteloos.
'Die kun je ook morgen bekijken.'
Handige Henkie kwam met een zucht uit zijn fauteuil omhoog. 'Ik ben er al jaren uit,' jammerde hij. 'Dat weet je. Ik heb geen ervaring meer.' Hij zweeg even, nadenkend, keek onderwijl naar het smekende gezicht van De Cock. 'Wat is het voor een kast?'
De grijze speurder schudde zijn hoofd.
'Dat weet ik niet,' antwoordde hij wat wrevelig. 'Ik ben er nog nooit geweest. Ik weet niet of er in dat kantoor wel een brandkast staat. Ik heb je er gewoon graag even bij... voor het geval dat ik op iets stuit waar ik niet in kan.'
Handige Henkie keek de oude rechercheur onderzoekend aan. 'Is het officieel?'
'Nee.'
'Loop ik risico's?'
'Ja.'
Op het grove gezicht van Handige Henkie verscheen een droevige glimlach. 'Ik heb mij altijd al afgevraagd waarom ik in jou een vriend zag.'
De Cock gniffelde.
'Daar hebben we het nog wel eens over.'
De oud-inbreker stak zijn beide handen met gespreide vingers omhoog. 'Heb ik hier vanavond genoeg aan?'

De Cock lachte.
'Jij wel.'

Na een dolle rit die bol stond van verkeersovertredingen en foutieve schakelingen, parkeerde De Cock de nieuwe Golf op de Westermarkt achter de kerk en stapte ontspannen uit. Er viel een miezerig regentje en het stonk er naar urine. De gladde kinderhoofdjes bij de pastorie glommen in het schaarse gele licht van een scheefgetrokken straatlantaarn.
De oude rechercheur nam het beeld even in zich op. De Westermarkt had in zijn lange rechercheleven als lokatie dikwijls een rol gespeeld. Hij slofte om de wagen heen en opende het portier aan de kant van Handige Henkie.
'Kom je er niet uit?'
De oude inbreker bleef zitten.
'Waarom doe ik dit?' verzuchtte hij.
De Cock schudde zijn hoofd.
'Je moet aan het leven niet zoveel vragen stellen. Dat is niet goed. Dan ga je piekeren. Ik vraag mijzelf ook wel eens af waarom ik per se elke moord wil oplossen. Het helpt toch niet. Er zullen altijd mensen blijven, die een ander naar het leven staan. Kaïn sloeg Abel... het is van het begin af zo geweest.' De grijze speurder pakte de oude inbreker bij de kraag van zijn regenjas. 'Kom Henk, niet zeuren, we gaan op karwei.'
De ex-inbreker stapte onwillig uit. Zijn gezicht stond nors. Mokkend slenterde hij aan de zijde van De Cock naar de Prinsengracht. Voor een statig pand met een fraaie klokgevel en een breed bordes bleven ze staan. Handige Henkie keek omhoog.
'Is het hier?'
De Cock knikte.
'Boven het souterrain.'
'En hoe komen we binnen?'
De Cock haalde glimlachend een koperen houdertje uit een steekzak van zijn regenjas en hield het omhoog.
'Hiermee.'
De norse trek op het gezicht van Handige Henkie verdween. 'Mijn gereedschap,' riep hij vrolijk. 'Heb je het nog steeds?'
'Zeker.'
'En gebruik je het?'

De Cock knikte.
'Regelmatig,' antwoordde hij glunderend. 'Ik ben er goed handig in geworden... bijna net zo handig als Handige Henkie zelf.' De grijze speurder wees omhoog naar de zware deur boven op het bordes. 'Ik zal je straks eens een glanzende demonstratie geven hoe men ook als rechercheur...'
De Cock stokte en zijn lichaam verstarde. Een dertig meter verder, vanaf de brug bij de Leliegracht, zag hij een man naderen. Het postuur kwam hem bekend voor.
In een snelle beweging drukte hij Handige Henkie vrij onzacht in de schaduw van het bordes. 'Ga terug naar de Westermarkt,' siste hij in zijn oor, 'naar onze wagen, en blijf daar op mij wachten.'
De oude inbreker keek de oude rechercheur even schattend aan en sloop toen zonder enig commentaar geruisloos bij hem weg.
De Cock hijgde. Gespannen bleef hij naar naderende voetstappen luisteren. De stilte op de oude gracht leek intens en de voetstappen kwamen met een holle nagalm steeds dichterbij. Toen ze stopten kwam De Cock uit de schaduw van het bordes en liep op de man toe. Om zijn mond zweefde een zoete grijns.
'Goedenavond... heer Leonardus van Ledeacker. Wat een toeval u hier te treffen.'
Van Ledeacker keek de oude rechercheur verbaasd aan. In zijn vreemde lichtbruine ogen danste een oplichtend vuur. Even leek de biochemicus aangeslagen, maar hij herstelde zich verrassend snel.
'Heeft... eh, heeft hij ook u uitgenodigd?'
In zijn stem trilde verwondering.
'Wie?'
Van Ledeacker gebaarde omhoog naar het bordes.
'Winfred... Van Wateringen.'

14

'Hier in zijn kantoor aan de Prinsengracht?'
Leonardus van Ledeacker knikte.
'Om twaalf uur.'
De Cock schoof zijn oude hoedje iets naar voren en krabde zich achter in zijn nek. 'Middernacht,' sprak hij met enige achterdocht, 'een vreemd en vooral spookachtig tijdstip voor een ontmoeting.'
Leonardus van Ledeacker trok achteloos zijn schouders op. 'Winfred zei, dat hij niet eerder kon komen. Hij woont in een flat aan de Realengracht en heeft een hond, een lief dier, een schnautzer. Maar dat beest kan niet alleen zijn. Dan blaft hij hinderlijk. Omwonenden hebben vaak geklaagd. Winfred kon eerst weg nadat zijn vrouw van haar bridgeclub thuiskwam.'
'Speelt uw vrouw ook bridge?'
Leonardus van Ledeacker knikte.
'Het is een soort passie van die vrouwen.' De biochemicus gebaarde naar de gevel. 'Het is zeker wat later geworden. Winfred is er nog niet. Er brandt geen licht in zijn kantoor.'
De Cock keek schuin omhoog naar de verlichte wijzers van klok van de Westertoren. 'Het is ook nog geen twaalf uur. Hij heeft nog ruim vijf minuten.'
Van Ledeacker glimlachte. 'Dan blijven we even wachten.'
De Cock keek hem van terzijde aan.
'Heeft Winfred van Wateringen tegen u gezegd waartoe die uitnodiging diende?'
'Zeker.'
'En?'
Leonardus van Ledeacker aarzelde.
'Winfred belde mij vandaag laat in de middag op. Zo rond de klok van vijf uur. Ik was net van plan om mijn kantoor te verlaten.' De biochemicus staarde nadenkend voor zich uit. 'Er volgde een vreemd gesprek... een bijna onmogelijke dialoog.'
De Cock kneep zijn ogen half dicht.
'In welk opzicht?'
Leonardus van Ledeacker reageerde onzeker.
'Winfred zei: Leo, ik vraag het jou op de man af... heb jij Herman vermoord?'

De Cock hield zijn hoofd iets scheef.
'Zo... zonder enige inleiding?'
Leonardus van Ledeacker knikte.
'Die vraag verraste mij ook volkomen. Ik begon luidkeels te lachen en zei: natuurlijk niet. Het ligt niet in mijn aard om mensen te vermoorden... en zeker Herman niet.'
De Cock keek hem gespannen aan.
'En toen?'
Leonardus van Ledeacker trok nerveus, met plukkende vingers, de kraag van zijn regenjas iets op. Het was puur een gebaar om tijdwinst te boeken.
'Toen zei hij: Leo, ik was het ook niet. Het klonk wat paniekerig. Er volgde een kleine stilte en toen vroeg hij: Leo, heb jij Harold vermoord? In normale gevallen zou ik woedend de hoorn op het toestel hebben gesmeten, maar ik had de stellige indruk dat Winfred van Wateringen serieus was... oprecht meende wat hij zei. Zijn vreemde vraag was bepaald niet als grap bedoeld.'
De Cock gebaarde voor zich uit.
'Wat hebt u geantwoord?' vroeg hij strak.
Leonardus van Ledeacker grinnikte vreugdeloos.
'Ik zei: Winfred, hoe kom je op het idee? Wat een waanzin. Natuurlijk heb ik Harold niet vermoord... waarom zou ik?'
De Cock voelde de spanning in hem trillen.
'Hoe reageerde hij?'
Leonardus van Ledeacker grinnikte opnieuw.
'Hij zei: Leo, ik ook niet. Mijn handen zijn schoon... daar kleeft geen bloed aan. Dat moet je geloven.' De biochemicus zweeg enige seconden en schudde toen zijn hoofd. 'Als ik er aan terugdenk... het was het meest bizarre telefoongesprek dat ik ooit in mijn leven heb gevoerd.'
De Cock negeerde de opmerking.
'Toen nodigde Winfred van Wateringen u uit voor een gesprek op zijn kantoor?'
Leonardus van Ledeacker knikte.
'Winfred zei: we moeten samen eens gaan praten. Het is de hoogste tijd. Ik heb het akelige gevoel, dat iemand bezig is om alle leden van Brain Trust naar de andere wereld te helpen. Hij zei ernstig: jij, Leo, en ik... wij twee zijn nog over... en wanneer slaat de moordenaar opnieuw toe?'

De Cock knikte begrijpend.
'Van Wateringen was bang.'
Leonardus van Ledeacker zuchtte diep.
'Dat was hij... doodsbang. Althans... zo klonk zijn stem. Die trilde een beetje. Winfred van Wateringen toonde dezelfde angst als Herman van Hellendoorn kort voor zijn dood.'
De Cock bracht zijn gezicht dichtbij.
'En u... kent u ook angst?'
Leonardus van Ledeacker schudde traag zijn hoofd.
'Als ik werkelijk angstig was,' formuleerde hij voorzichtig, 'dan zou ik niet op deze middernachtelijke uitnodiging zijn ingegaan.'
De Cock veinsde verbazing.
'Waarom niet?'
Van Ledeacker frommelde opnieuw aan de kraag van zijn regenjas.
'Ondanks zijn ontkenningen tijdens ons telefoongesprek vanmiddag,' sprak hij langzaam, 'en ondanks zijn plotselinge ommezwaai... zie ik in Winfred van Wateringen... ik zeg het u eerlijk... toch een mogelijke moordenaar.'
De Cock keek hem verrast aan.
'Waarop baseert u die verdenking?'
De man spreidde zijn handen.
'We waren met ons vieren,' legde hij geduldig uit. 'De inzet was de formule van onze uitvinding, die Van Hellendoorn niet wilde vrijgeven. Van Hellendoorn en Van Haastricht zijn dood. Ik weet voor mij en mijn geweten, dat ik onschuldig ben.' De biochemicus zweeg; keek naar De Cock op. 'Men behoeft dan geen rechercheur te zijn om de dader aan te wijzen.'
De Cock glimlachte. 'Een eenvoudig rekensommetje.'
'Precies.'
'U sprak over een plotselinge om-me-zwaai. Wat was dat?'
'Winfred zei vanmiddag spijt te hebben van het feit dat hij tijdens onze bijeenkomst van Brain Trust met Harold van Haastricht op één lijn was gaan zitten... dat ook hij had aangedrongen op een snelle verkoop van de uitvinding.'
De Cock trok zijn wenkbrauwen op.
'Dat vond hij nu geen juist standpunt meer?'
Leonardus van Ledeacker schudde zijn hoofd.
'Hij was van mening dat de leden van Brain Trust naar mij hadden moeten luisteren.'

De Cock keek de biochemicus onderzoekend aan.
'Naar u?'
'Ja.'
'Wat... eh, wat was dan uw standpunt ten aanzien van die uitvinding?'
Leonardus van Ledeacker klemde zijn lippen op elkaar.
'Vernietigen.'

Vledder lachte.
'Jij was dus zaterdagavond zo rond middernacht nog met Handige Henkie op stap?'
De Cock knikte.
'Ik wilde er jou niet bij betrekken voor het geval er iets mis zou gaan.'
'En?'
'Wat bedoel je?'
'Heb je iets bereikt?'
De Cock schudde zijn hoofd.
'Het werd niets. Leonardus van Ledeacker had van Winfred van Wateringen een uitnodiging gekregen om op zijn kantoor te komen praten. Op het moment dat Henkie en ik naar binnen zouden gaan, kwam Van Ledeacker op de gracht aan wandelen.' De oude rechercheur gniffelde. 'Gelukkig zag ik hem op tijd, zodat ik Handige Henkie van het toneel kon laten verdwijnen.'
Vledder trok een denkrimpel in zijn voorhoofd.
'Twaalf uur... een vreemd tijdstip voor een ontmoeting. Heb je daar op de Prinsengracht nog met Van Ledeacker gesproken?'
De Cock knikte.
'Vrij uitgebreid. Van Ledeacker dacht, dat ook ik een uitnodiging van Van Wateringen had gekregen. Daar ben ik maar niet op ingegaan. Ik kon hem moeilijk vertellen, dat ik een oud-inbreker achter de hand had om eens in dat kantoor te gaan snuffelen.'
'Wat zei Van Wateringen?'
De Cock trok zijn schouders op.
'Hij kwam niet. Toen hij om kwart over twaalf nog niet was verschenen, ben ik van de Prinsengracht weggegaan. Van Ledeacker bleef... ondanks het feit, dat ik hem had aangeraden van een ontmoeting met Van Wateringen af te zien. Ik ging terug naar de Westermarkt. Daar stond Handige Henkie nog trouw bij de Golf op mij te

wachten. Ik heb hem snel naar huis gebracht, zodat hij nog een poosje naar een videofilm kon gaan kijken. Thuis, om ongeveer kwart voor een, heb ik het kantoor van Van Wateringen gebeld. Toen hij zelf opnam, heb ik hem gevraagd of ik Van Ledeacker even aan de lijn kon krijgen.'

Vledder grinnikte

'Kreeg je hem?'

De Cock knikte.

'Ik vroeg aan Van Ledeacker hoe het met zijn gezondheid was. Puik, zei hij. Toen heb ik opgehangen en ben naar bed gegaan.'

'Van Wateringen was dus wel gekomen.'

'Ja.'

Vledder keek zijn oude collega wat verstrooid aan.

'Wat had je die avond feitelijk in het hoofd? Ik bedoel, wat wilde je met het gezelschap van Handige Henkie?'

De Cock maakte een moedeloos gebaar.

'Het was een opwelling. Het kwam in feite door een opmerking van jou.'

Vledder reageerde verrast.

'Van mij?'

De Cock knikte.

'Jij zei zaterdag toen wij samen het feit bespraken, dat ook Van Haastricht met een Nagant-revolver 7.62 mm was vermoord en wij daaruit de conclusie trokken, dat hij dan niet moordenaar van Van Hellendoorn was geweest: tenzij-Harold-van-Haastricht-met-zijn-eigen-wapen-werd-vermoord. Ik... eh, ik vond dat toen een nogal absurde gedachte, maar later kwam ik op het idee, dat die mogelijkheid best aanwezig was.'

'Hoe?'

'Van Haastricht en Van Wateringen waren de twee leden van Brain Trust, die een snelle verkoop van de uitvinding voorstonden. Hun obstakel was Herman van Hellendoorn. Beiden hadden een motief... een gezamenlijke interesse... en mede daardoor een onderlinge band. Ik overdacht de mogelijkheid, dat Van Wateringen na de moord op Van Hellendoorn in de overtuiging heeft geleefd, dat Van Haastricht de dader was en dus... in het bezit van de formule.'

De ogen van Vledder lichtten op.

'Dan zou de moord op Van Haastricht geen zinloze daad zijn, maar volkomen passen in de jacht om het bezit van de formule.'

De Cock knikte instemmend.
'Ik ben nog nooit in het kantoor van Van Wateringen aan de Prinsengracht geweest, maar ik nam aan, dat daar wel een brandkast zou staan.'
Vledder gniffelde.
'Vandaar... Handige Henkie.'
De Cock glimlachte.
'Henkie wilde aanvankelijk niet mee... had allerlei bezwaren... had voor het weekend een paar videofilms gehuurd, maar toen ik stevig bleef aandringen, capituleerde hij toch.'
Vledder trok een droevig gezicht.
'Arme Henkie.'
De Cock negeerde de opmerking.
'Ik had een paar kartonnen dozen op de achterbank van onze Golf gezet. Mijn plan was om met de hele inhoud van de brandkast van Van Wateringen naar Van Ledeacker te rijden om hem te vragen of de formule van de uitvinding tussen de papier van Van Wateringen zat.'
Vledder trok een bedenkelijk gezicht.
'Een vrij riskante en ook een volkomen onwettige onderneming.'
De Cock knikte met een ernstig gezicht.
'Vandaar dat ik jou er liever buiten hield. En mocht er iets scheef zijn gegaan, dan had ik ook Handige Henkie gedekt en gezegd, dat hij onder mijn dwang had gehandeld.' De oude rechercheur zweeg even. Na een paar seconden stak hij gebarend zijn rechterwijsvinger omhoog. 'Maar als ik de formule had gevonden, dan had ik Van Wateringen gearresteerd voor de moord op Van Haastricht en dan was ook de moord op Van Hellendoorn tot een oplossing gekomen.'
Vledder grijnsde.
'Nu heb je niets.'
De Cock schudde zijn hoofd.
'Kun je begrijpen,' grinnikte hij, 'hoe verrast ik was toen ik zaterdagavond Leonardus van Ledeacker op de Prinsengracht zag lopen. Ik dacht, dat ik een middernachtgeest zag verschijnen.' De oude rechercheur liet zijn hoofd iets zakken. 'Ik ben ook een beetje kwaad op mijzelf.'
'Waarom?'
De Cock trok een somber gezicht.
'Ik ben als een beginneling te werk gegaan,' sprak hij afkeurend.

'Met een paar simpele telefoontjes had ik kunnen weten, dat Van Ledeacker en Van Wateringen met elkaar op de Prinsengracht een afspraak hadden. Dan had ik die hele onderneming niet op touw behoeven te zetten... met die operatie kunnen wachten op een gunstiger moment.'
Vledder lachte vrijuit.
'De oude meester bekent schuld.'
De Cock grinnikte.
'Ik ben er na een kalme zondag een beetje overheen,' sprak hij berustend. 'Maar die zaak van Brain Trust begon aardig aan de uiteinden van mijn zenuwen te kietelen.' De grijze speurder glimlachte. 'Dat moet je stevig onderdrukken, anders zoek je naar middelen voor een snel resultaat.'
Vledder knikte begrijpend.
'Een inbraak aan de zijde van Handige Henkie.'
De Cock maakte een triest gebaar.
'Ik denk niet, dat het mij voorlopig zal lukken om Handige Henkie opnieuw voor een of andere operatie te strikken. Hij was knap narrig toen ik hem naar huis bracht.'
Vledder wees voor zich uit.
'Ik heb gisteren van huis uit nog een paar maal Jan Kusters gebeld.'
De Cock fronste zijn wenkbrauwen.
'Aan het bureau Warmoesstraat?'
Vledder knikte.
'Ik wilde weten of jij er was.'
De Cock keek hem verwonderd aan.
'Waarom?'
Vledder trok een zoete grijns.
'Dan was ik ook gekomen. Onmiddellijk. Ik wist de hele dag met mijn tijd geen raad. Ik had als kind al moeite met het beleven van een gewijde rustdag.'
De Cock lachte. Het rinkelen van de telefoon op zijn bureau deed die lach verstommen.
Vledder reikte ver naar voren en pakte de hoorn van het toestel.
De Cock keek toe. Hij had in de loop der jaren de gelaatsexpressies van zijn jonge collega leren kennen. De oude rechercheur zag in de nek van Vledder een ader zwellen en schrok.
De jonge rechercheur legde de hoorn op het toestel terug en keek op. Zijn gezicht zag bleek.

De Cock slikte.
'Wie was het?'
'Henriette... Henriette van Wateringen. Ze heeft zojuist haar man in zijn kantoor gevonden.'
'Dood?'
Vledder knikte.
'Vermoord.'

15

De Cock besteedde weinig aandacht aan de inrichting van het kantoor aan de Prinsengracht. Hij had in zijn lange carrière het interieur van de meeste oude panden aan de Amsterdamse grachtengordel leren kennen. Ze boden hem geen verrassingen meer.
Slechts enkele seconden keek hij naar het kolossale bovenlijf van de dode Winfred van Wateringen, dat vrijwel het gehele middengedeelte van zijn enorme bureau bedekte. Daarna betastte de grijze speurder even de linkerhand van de dode en boog aan de iets gekromde vingers. Het bevestigde zijn vermoeden, dat ook deze man reeds de avond tevoren was vermoord. De lijkstijfheid, zo zou staks dokter Den Koninghe hem zeker bevestigen, was algemeen. Ook wist hij, zonder te kijken, dat op het bovenblad van het bureau, onder de borst van de dode, een omvangrijke plas bloed lag.
De oude rechercheur liep voor het bureau langs, liet zijn scherpe blik over het parket dwalen op zoek naar hulzen, die hij niet verwachtte en ook niet vond en sjokte naar Henriette van Wateringen.
De kleine, wat gedrongen vrouw stond met haar rug geleund tegen een teakhouten wand tussen twee hoge ramen met uitzicht op de gracht.
Ze droeg dezelfde lange wijde donkerbruine regenmantel als een paar dagen geleden tijdens haar bezoek aan de recherchekamer van het bureau Warmoesstraat. Met haar donkere, amandelvormige ogen keek ze de grijze speurder koel observerend aan.
'Had u dit niet kunnen voorkomen?' vroeg ze scherp verwijtend.
De Cock antwoordde niet. Hij liet zijn grijze hoofd iets zakken en maakte een stijve buiging. 'Gecondoleerd,' sprak hij plichtmatig en somber. 'Gecondoleerd met het verlies van uw man. Zijn dood moet een geweldige schok voor u zijn.'
Henriette van Wateringen drukte haar rug los van de wand. 'Uiteraard is dit een schok voor mij,' reageerde ze vinnig. 'Hoeveel moorden moeten er nog gebeuren voor u eindelijk iets doet?'
De Cock liet de kritiek gelaten over zich heen gaan. Op zijn breed gezicht was geen emotie te lezen. 'U hebt hem zo ontdekt?' vroeg hij vriendelijk.
'Ja.'
'Wanneer?'

'Kort voordat ik u aan de Warmoesstraat belde.'
De Cock glimlachte. 'Was er voor u enige aanleiding om naar zijn kantoor aan de Prinsengracht te komen?'
Henriette van Wateringen knikte nadrukkelijk.
'Angst,' antwoordde ze kort.
'U was bang dat er iets met uw man was gebeurd?'
Henriette van Wateringen knikte opnieuw.
'Gisteravond zei Winfred tegen mij: jij gaat toch naar de bridgeclub, dan ga ik in die tijd even naar mijn kantoor.'
'Hoe laat was dat?'
'Ongeveer acht uur. Misschien iets later.'
'Had uw man een afspraak?'
Henriette van Wateringen trok haar schouders op.
'Daar heeft hij niets van gezegd. De avond tevoren... zaterdagavond... had hij een afspraak met Van Ledeacker. Nu wilde hij, meen ik, een paar stukken doornemen.'
'Heeft uw man u nog iets gezegd over zijn ontmoeting met Van Ledeacker?'
Henriette van Wateringen schudde haar hoofd.
'Toen hij thuiskwam, lag ik al in bed. De volgende dag is het geen onderwerp van gesprek geweest.'
De Cock knikte begrijpend.
'Gisteravond,' recapituleerde hij, 'ging uw man om ongeveer acht uur op weg naar zijn kantoor. Met zijn auto?'
'Ja.'
'Wanneer ging u weg?'
'Kort daarna. Nog geen vijf minuten later. We beginnen op de club meest om half negen.'
'Wanneer kwam aan het bridgeavondje een einde?'
'Ik dacht zo om kwart voor elf. Toen ik om ongeveer elf uur thuis op de flat kwam, was Winfred er niet. Dat verbaasde mij een beetje. In de regel maakt hij het 's avonds niet zo laat. Ik dacht eerst dat hij al naar bed was gegaan, maar in zijn slaapkamer was hij niet. Ik werd toen toch wel erg ongerust en belde zijn kantoor. Er werd niet opgenomen.'
De Cock hield zijn hoofd iets scheef.
'Toen hebt u verder de gehele nacht thuis zitten wachten op zijn terugkomst?' In zijn stem trilde ongeloof. 'U wist toch wat er met die andere mannen van Brain Trust was gebeurd.'

Henriette van Wateringen schudde haar hoofd.
'Ik heb niet zitten wachten,' reageerde ze geprikkeld. 'Niet lang. Ik hield het thuis niet meer uit. Ik ben in mijn wagentje gestapt en naar de Prinsengracht gereden. Zijn...'
De Cock keek haar met grote ogen verrast aan. Hij stak zijn beide handen bezwerend omhoog en wees daarna schuin achter zich.
'Hebt... hebt u,' stotterde hij, 'hem gisteravond al ontdekt?'
Henriette van Wateringen keek hem met haar donkere ogen bestraffend aan. 'U moet mij niet onderbreken... u moet mij laten uitpraten. Ik wilde zeggen, dat ik zijn wagen op de gracht zag staan, maar dat er in zijn kantoor geen licht brandde. Alles was donker.'
De Cock strekte zijn hand naar haar uit.
'Toen bent u gaan kijken?'
Henriette van Wateringen klemde haar lippen op elkaar.
'Nee,' riep ze fel. 'Ik ben niet gaan kijken. Dat durfde ik niet. Ik was bang... bang om Winfred in het donker zo aan te treffen.'
De Cock zuchtte.
'U was er toen in feite al van overtuigd,' sprak hij begrijpend, 'dat hij was vermoord.'
In de donkere ogen van Henriette van Wateringen blonk een traan. Ze liet haar hoofd iets zakken. 'Ik begreep dat Winfred dood was,' sprak ze zacht, bijna fluisterend, 'vermoord... vermoord op dezelfde manier als de anderen... zoals Herman van Hellendoorn was vermoord en Harold van Haastricht... en ik realiseerde mij in volle helderheid, dat er niets meer aan te doen was. Dood is onomkeerbaar. Ik besefte ook, dat het weinig uitmaakte of zijn lijk nu werd ontdekt of later.' Ze bracht haar hoofd weer omhoog en keek de oude rechercheur met een betraand gezicht aan. 'Waarom zou ik u en andere politiemensen van hun nachtrust beroven... op zondag?'
De Cock wreef over zijn gezicht.
'U bent naar huis gegaan?'
Henriette van Wateringen knikte vaag.
'In een soort trance ben ik van de Prinsengracht naar huis gereden... heb mij thuis rustig uitgekleed en ben naar bed gegaan. Het zal u wellicht verbazen, maar ik heb vannacht goed geslapen.'
De Cock kauwde op zijn onderlip.
'Toen u gisteravond met uw wagentje op de Prinsengracht reed, hebt u toen nog iets of iemand gezien?'
Henriette van Wateringen verviel even in gepeins en stak daarna

haar rechterwijsvinger omhoog. 'Toen ik langzaam langs het kantoor van Winfred reed,' sprak ze nadenkend, 'liep op de gracht iemand voor mij uit. Ik kon niet zien of het een man of een vrouw was. Dat onderscheid is vaak moeilijk te zien in een spijkerpak.'
De Cock keek haar doordringend aan.
'Hij of zij droeg een spijkerpak?'
Henriette van Wateringen knikte.
'Een wat verschoten spijkerpak. Toen de man of de vrouw onder een lantaarnpaal doorliep, viel het licht even achter op het jack. Op de rug glinsterde een wrede veelkleurige duivelskop.'

Vledder zwaaide heftig met zijn beide armen.
'Gaan we naar Enschede?'
'Waarvoor?'
'Om haar te arresteren.'
'Wie?'
Vledder kwam met een ruk uit de stoel achter zijn bureau overeind. Zijn gezicht zag rood. 'Dorethea van Hellendoorn... zij is het. Zij droeg zo'n verschoten spijkerpak met een glinsterende duivel op de rug van haar jack. Toen ze hier in de kamer van je wegliep, ben je er zelf zo van geschrokken... herinner je je nog?'
De Cock knikte traag. 'Ik herinner het mij,' reageerde hij gelaten.
Vledder schoof een stoel naast zijn oude leermeester en ging daar achterstevoren op zitten. Hij hield zijn hoofd ver naar voren en zijn beide armen steunden op de rugleuning.
'Dorethea van Hellendoorn heeft ons destijds op een verschrikkelijke manier in de maling genomen,' riep hij fel, geëmotioneerd. 'Ze is een uiterst gevaarlijke en geraffineerde juffrouw. Maar zij zit erachter. Dat is nu wel duidelijk. Zij heeft al die afschuwelijke moorden gepleegd. Kil en koelbloedig.' De jonge rechercheur ademde diep. 'Ze heeft ons van het begin af aan zand in de ogen gestrooid door zich te presenteren als de liefhebbende dochter van een bedeesde en zachtmoedige vader en door meteen haar moeder... zonder enige terughouding... te beschuldigen van moord.'
De Cock reageerde niet. De oude rechercheur pakte een paperclip uit het pennenbakje aan de rand van zijn bureau, trok het uiteen en begon het ijzerdraad in vreemde vormen te buigen. Het irriteerde Vledder bovenmate. 'Wat doen we,' riep hij luid. 'Gaan we naar Enschede of niet?'

De Cock keek naar hem op.
'Het motief?' vroeg hij kalm.
Vledder gebaarde heftig.
'Dat motief interesseert mij voorlopig geen fluit,' riep hij geërgerd. 'Dat zal wel ergens in dat mooie blonde hoofd van haar zitten. Een of andere vreemde kronkel. Maar als we haar met de feiten confronteren, dan komt dat er wel uit.'
De Cock wierp de verfomfaaide paperclip voor zich neer.
'Heb je Henriette van Wateringen naar huis gebracht?' vroeg hij, ineens van onderwerp veranderend.
'Ja.'
'Zei ze nog wat?'
Vledder schudde zijn hoofd.
'Ze was erg timide. Ze vroeg mij of ze zich met Van Ledeacker in verbinding mocht stellen. Ze wilde hem waarschuwen. Mevrouw Van Wateringen was van mening, dat ook zijn leven gevaar liep.'
'Wat heb je gezegd?'
Vledder maakte een nonchalant gebaar.
'Ik zag geen bezwaren. Ik heb gezegd, dat zij dat rustig kon doen.'
De Cock knikte goedkeurend. Hij keek omhoog naar de klok boven de toegangsdeur van de grote recherchekamer en zag dat het half vier was.
'Wanneer is er sectie?'
'Vanmiddag om vier uur.'
De Cock reageerde verrast.
'Dat is snel.'
Vledder knikte.
'Het is over het gehele land een opvallend rustig weekend geweest... crimineel gezien. Weinig lijken. Dokter Rusteloos had vanmiddag om half twee nog een gerechtelijke sectie in Leiden. Maar als hij daarmee klaar was, dan kwam de patholoog-anatoom onmiddellijk naar Westgaarde.'
De Cock wees omhoog naar de klok.
'Dan wordt het langzaam tijd voor je. Denk aan de files. Ik heb het idee, dat de avondspits in Amsterdam steeds vroeger begint.' De oude rechercheur stond op en slenterde naar de kapstok.
Vledder kwam hem na.
'Waar ga jij heen?'
De Cock draaide zich half om.

'Een alibi natrekken.'
Vledder keek hem verbaasd aan.
'In Enschede?' vroeg hij gehaast. 'Op de campus... kijken of ze daar was?'
'Wie?'
Het gezicht van Vledder betrok. De jonge rechercheur klemde zijn lippen op elkaar. Op zijn wangen verschenen rode blosjes van opwinding. De manier waarop de oude speurder hem antwoordde, maakte hem razend.
'Dorethea,' schreeuwde hij in woede, 'Dorethea van Hellendoorn... wie anders woont er op de campus?'
De Cock wurmde zich in zijn oude regenjas. Traag schudde hij zijn hoofd.
'Met dat alibi wacht ik nog even.'

Het was al vrij laat toen De Cock van zijn onderzoek in de Warmoesstraat terugkwam. Hij was uiterst zorgvuldig en omzichtig te werk gegaan en de resultaten hadden hem bemoedigd. Hij meende eindelijk een tipje van de sluier rond de mysterieuze moorden op de drie geleerden te hebben opgelicht.
Toen hij de hal van het politiebureau binnenkwam, slenterde hij naar de balie en wachtte daar geduldig tot Jan Kusters een telefoongesprek had beëindigd.
'Heb je Vledder al terug zien komen van Westgaarde?' vroeg hij vriendelijk.
De wachtcommandant knikte.
'En hij vroeg hetzelfde als jij vroeg: heb je De Cock al zien terugkomen?'
De oude rechercheur lachte.
'Is hij boven?'
Jan Kusters schudde zijn hoofd.
'Hij is weer weggegaan. Als De Cock nog langskomt, zei hij, zeg dan dat ik naar huis ben. Morgenvroeg ben ik er weer.'
De grijze speurder zuchtte. Hij voelde de vermoeidheid in zijn oude botten sluipen. 'Naar huis... dat lijkt mij een goed idee.' Hij draaide zich om en wilde het bureau verlaten.
De wachtcommandant riep hem terug.
'Waar ga je heen?'
'Naar huis... dat zei ik toch?'

Jan Kusters schudde zijn hoofd.
'Dat kan niet.' Hij wees omhoog. 'Er zit boven nog een vrouw op je te wachten.'
De Cock fronste zijn wenkbrauwen.
'Heeft Vledder haar niet afgehandeld?'
'Ze kwam binnen nadat Vledder was vertrokken.'
De Cock maakte een moedeloos gebaar.
'Ik heb er echt geen zin meer in. Kun je haar niet wegsturen?'
Jan Kusters trok een grijns.
'Dat heb ik al geprobeerd,' riep hij vertwijfeld. 'Ik zei haar, dat jij vanavond vermoedelijk niet meer aan het bureau terugkwam. Toen zei ze, dat ze desnoods de gehele nacht zou blijven wachten. Ik maakte nog een grapje en zei, dat wij voor nette mensen geen logies en ontbijt verzorgden. Het gaf niets. Ik ga niet weg, zei ze, voor ik hem heb gesproken.'
De Cock maakte een berustend gebaartje, slofte loom naar de stenen trap en hees zijn negentig kilo langs de leuning omhoog.
Op de bank naast de deur van de grote recherchekamer zat een vrouw. De Cock schatte haar op voor in de dertig. Ze was gekleed in een glimmend rode regenmantel met op haar hoofd een hoedje in de vorm van een zuidwester.
Toen ze de grijze speurder in het oog kreeg, stond ze op en liep op hem toe. 'De Cock,' sprak ze opgewonden. 'U bent toch rechercheur De Cock?'
De oude speurder knikte.
'Met ceeooceekaa,' mompelde hij binnensmonds.
Ze ademde opgelucht en trok de zuidwester van haar hoofd. 'Ik ben blij dat u vanavond nog naar het bureau bent gekomen. Ik had mij er al op voorbereid om hier de gehele nacht te zitten.'
De Cock keek haar nog eens aan. Ze had een ovaal, vriendelijk open gezicht in een prettige omlijsting van lichtblond haar. Haar ogen deden hem denken aan een antieke Delftsblauwe schaal op de tafel in de huiskamer van zijn oude moeder.
Hij liep langs haar heen en hield de deur van de grote recherchekamer uitnodigend voor haar open. Daarna liet hij haar op de stoel naast zijn bureau plaats nemen.
De Cock smeet zijn hoedje missend naar de kapstok. Met zijn regenjas nog aan ging hij achter zijn bureau zitten en boog zich naar voren.
'Met wie,' vroeg hij uiterst beminnelijk, 'heb ik het genoegen?'

De vrouw antwoordde niet direct. Ze knoopte haar rode regenmantel los en verschoof iets op haar stoel.
'Ik... eh, ik ben Maria... Maria van Ledeacker.'
De Cock kneep zijn wenkbrauwen naar elkaar toe.
'De... eh, de vrouw van Leonardus van Ledeacker... de biochemicus?'
'Ja.'
De Cock keek haar gespannen aan.
'Is er iets met uw man?'
Maria van Ledeacker schudde haar hoofd.
'Ik... eh, ik wil alleen niet meer dat hij wordt vermoord.'
De Cock slikte.
'Wat zegt u?' vroeg hij geschrokken.
Maria van Ledeacker keek hem aan. In haar blauwe ogen lag een smekende blik.
'Ik doe het niet.'

15

Het was donker en het regende zacht. Een vieze miezerige regen, die uit Amsterdam niet meer leek weg te denken. Omdat de ruiten van de nieuwe Golf waren beslagen, draaide De Cock het raam van het rechterportier open. Over het duistere water van de Amstel dreef in spookachtige slierten een steeds wisselende bundel van grijze nevels. Aan de oever, bij een serie wanstaltige woonschuiten, wist hij een politiewagen met Appie Keizer en de sterke Fred Prins. De Cock werkte graag met beiden samen en wist, dat hij steeds een beroep op hen kon doen.
Verderop, dicht bij de ingang van de begraafplaats Zorgvlied, stond een kleine lichtgrijze Mitsubishi Colt. Op verzoek van De Cock had Maria van Ledeacker haar wagen met de voorkant naar het hek geparkeerd. Vledder had hun nieuwe Golf andersom geplaatst. Met de voorkant naar de Amstel.
Ondanks de regen had ook Maria van Ledeacker voor een beter uitzicht haar portierraam opengedraaid. Door de afstand kon de oude rechercheur haar gelaatstrekken niet scherp onderscheiden. Maar in het licht van een straatlantaarn glansden haar blonde haren.
De Cock keek nog eens om zich heen. Hij had de plek zorgvuldig gekozen. De parkeerplaats bij de oude begraafplaats bood ook bij avond voldoende mogelijkheden voor een goede observatie. Bovendien was de smalle weg langs de Amstel gemakkelijk te blokkeren. De oude rechercheur hoopte echter, dat een blokkade niet nodig zou zijn en dat degene die hij verwachtte, te voet zou komen.
De Cock had de geplande strategie met Maria van Ledeacker ettelijke malen doorgenomen en haar gewezen op de gevaren die zij liep. Hij had geprobeerd om de risico's zo klein mogelijk te houden, maar geheel beschermen kon hij haar niet.
De grijze speurder verwachtte, dat het verhaal dat hij Maria van Ledeacker had ingeprent, voldoende vertrouwen zou inboezemen en alle argwaan tegen haar zou wegnemen.
Helemaal gerust was hij daar niet op.
Met een nerveus gebaar schoof De Cock de mouw van zijn regenjas iets terug en keek op zijn horloge. Het was bijna kwart over elf en dat was, naar zijn stellige overtuiging, steeds het tijdstip waarop de moorden waren gepleegd.

De oude rechercheur voelde hoe de spanning bezit van hem nam. Als zijn plan lukte, dan was ook de bewijsvoering compleet. Anders voorzag hij nog tal van problemen en moeizame verhoren.
Vledder keek hem van terzijde aan.
'Wat doe je als Maria van Ledeacker de revolver niet krijgt, maar met diezelfde revolver wordt neergeschoten?'
'Wat doe je somber.'
Vledder maakte een wrevelig gebaartje.
'Wat doe je?' herhaalde hij.
De Cock schudde zijn hoofd.
'Zover laat ik het niet komen. Ik wacht niet op het moment van overhandigen. Dat is te gevaarlijk. Het gaat mij om die revolver.'
Vledder reageerde verrast. 'Niet om de dader?'
De Cock veegde met zijn zakdoek de voorruit schoon.
'Als ik de revolver heb, dan...'
De oude rechercheur stokte. Vanuit de richting van de stad kwam met geringe snelheid een grote donkerblauwe Mercedes met gedimde lichten. Nog voor de wagen hen voorbijreed, herkende De Cock de vrouw aan het stuur. Het schokte hem niet. Hij wachtte tot de Mercedes tegen het hek naast de Mitsubishi Colt stopte, sprong toen uit de Golf en rende erop af.
Vledder gniffelde even. De Cock in draf was een komisch gezicht. De jonge rechercheur startte de politiewagen, reed weg en bracht de Golf met gierende remmen achter de Mercedes tot stilstand. Daarna stapte hij uit; een getrokken pistool in zijn hand.
De Cock rukte het rechterportier van de Mercedes open en schrok toen de vrouw vrijwel onmiddellijk daarna een revolver op hem richtte. In een flits greep de oude rechercheur naar het wapen. Een schot deed zijn trommelvliezen bijkans barsten en een kogel suisde langs zijn hoofd. In een korte wilde krachtsinspanning, waarin hij de richting van de loop van zich af hield, wrong De Cock de revolver uit haar hand. Even keek hij naar het wapen, toen stak hij het met een zucht van opluchting in de zak van zijn regenjas.
Een moment leek het alsof hij geen stem meer had, of er geen geluid meer uit zijn keel kon komen. Toen slikte hij die angstprop weg. 'Mevrouw Van Hellendoorn,' sprak hij schor. 'Ik arresteer u als verdacht van moord op uw man.'

De Cock had zijn jonge collega's die, zoals hij dat noemde, aan het slotakkoord hadden meegewerkt, uitgenodigd voor een hapje en een drankje bij hem thuis.
Dick Vledder, Fred Prins en Appie Keizer waren al vaker te gast geweest en kenden de huiselijke gezelligheid die mevrouw De Cock wist te scheppen.
De Cock zelf maakte een ontspannen, bijna vrolijke indruk. Nu de zaak was gelopen zoals hij had gehoopt, waren alle emoties bij hem weggeëbd. Hij had voor deze bijzondere gelegenheid een werkelijk verrukkelijke cognac uit zijn voorraadje opgediept en vulde met welgehagen de diepbolle glazen.
Mevrouw De Cock had, zoals gebruikelijk, haar vele culinaire vaardigheden aangewend en serveerde louter lekkernijen. Het was natuurlijk de onstuimige Vledder, die zijn ongeduld niet kon bedwingen. Hij boog zich uit zijn fauteuil. Het diepbolle glas nog onaangesproken in de hand.
'Waarom kwam Maria van Ledeacker aan jou vertellen dat zij haar man niet wilde vermoorden?'
De Cock gebaarde voor zich uit.
'Omdat zij zich met hem had verzoend.'
'Verzoend?'
De Cock knikte.
'Leonardus van Ledeacker had een intieme relatie met zijn knappe receptioniste. Dat had de woede van zijn vrouw gewekt. Maar toen hij berouw toonde, de relatie met de receptioniste verbrak en naar zijn vrouw terugkeerde... wilde zij hem niet meer doden.'
Vledder grinnikte ongelovig.
'Bestond er dan een plan om dat te doen?'
De Cock knikte nadrukkelijk.
'Sybille van Hellendoorn zou Maria van Ledeacker voor dat doel de Nagant-revolver overhandigen... zoals zij dat bij Adèle van Haastricht en Henriette van Wateringen had gedaan.'
Vledder slikte.
'Van Haastricht en Van Wateringen werden door hun eigen vrouw vermoord?'
De Cock zuchtte.
'Het was een duivels komplot... uitgedacht door Sybille van Hellendoorn.'
Vledder schudde zijn hoofd.

'Ik begrijp er nog niets van.'
De Cock pakte zijn glas, snoof even en nam een slok van zijn cognac. Omzichtig zette hij het fraaie glas op het tafeltje terug.
'Zover mijn herinnering reikt,' begon hij, 'heb ik in een moordzaak nog nooit zo lang de oplossing in een verkeerde richting gezocht. Ik meende oprecht, dat ik de dader in de kring van Brain Trust moest zoeken en dat het voor de hand liggende motief het bezit van de formule van de uitvinding was. Daar komt nog bij, dat de moorden zo identiek waren, dat ik in de overtuiging leefde met een en dezelfde moordenaar van doen te hebben. Het opmerkelijke in deze zaak is, dat reeds in het begin de aandacht op Sybille van Hellendoorn werd gevestigd.'
Vledder knikte instemmend.
'Door dochter Dorethea, die haar moeder zonder meer van moordplannen beschuldigde.'
De Cock maakte een hulpeloos gebaar.
'Ik heb dit echt niet zorgeloos terzijde geschoven, maar ik vond geen directe aanwijzingen. Zeker, ze was een verhouding met Mooie Karel begonnen... maar voordien waren er al tal van mannen in haar leven geweest.'
Vledder zwaaide om aandacht.
'Wanneer ontstond het plan om haar man te vermoorden?'
De Cock schudde zijn hoofd.
'Het plan behelsde niet alleen de moord op haar man. Het ging veel verder. Ze wist, dat alle dames van haar bridgeclubje problemen met hun echtgenoten hadden. Die problemen vormden dikwijls het onderwerp van hun onderlinge gesprekken. Die gesprekken leidden op den duur tot een soort samenzwering. De dames zouden ieder hun man vermoorden onder de dekmantel van een onomstotelijk alibi... het bridgeclubje.'
Vledder hijgde.
'Dat klopt,' riep hij enthousiast. 'Van Hellendoorn werd vermoord toen de dames van de bridgeclub bijeen waren. Van Haastricht werd vermoord toen er een extra bridgeavond werd ingelast om de treurende mevrouw Van Hellendoorn wat op te vrolijken.'
De Cock knikte.
'De plannen waren al enige tijd in voorbereiding. Sybille bezat een oude Nagant-revolver met veel munitie. Ze nam de dames van het moordzuchtige bridgeclubje mee naar de duinen bij Katwijk en oe-

fende met hen het gebruik van het wapen. Het was ook in haar opdracht, dat er viermaal op de borst van hun argeloze, nietsvermoedende slachtoffer moest worden geschoten.'
Mevrouw De Cock schudde verbijsterd haar hoofd.
'Dat kan toch niet waar zijn?'
De oude rechercheur glimlachte.
'Vledder en ik hebben de resultaten gezien,' sprak hij cynisch. De grijze speurder nam nog een slok van zijn cognac. 'De zaak kwam in een stroomversnelling,' ging hij verder, 'toen Sybille van Hellendoorn van haar man hoorde welk een fabelachtig bedrag door een oliemaatschappij aan Van Haastricht was geboden voor de formule van de uitvinding.
'Sybille begreep, dat ze niet lang moest wachten. Op woensdagavond, terwijl de andere dames van de bridgeclub haar een alibi verschaften, reed ze met haar grote Mercedes naar de Oude Schans. Ze parkeerde daar haar wagen, liep naar de Binnenkant en schoot haar man zittend aan zijn bureau vier kogels in zijn borst. Daarna nam ze uit de open brandkast de formule van de uitvinding. Ze kende die formule. Ze had die zelf voor haar man uitgetypt. Ze wist echter niets van de brief die haar man aan haar dochter Dorethea had geschreven, en was daarom hoogst verbaasd, dat wij al van die moord wisten toen zij zich de volgende morgen bij ons meldde.'
Vledder wuifde voor zich uit.
'Dus zij had die formule? Terwijl wij dachten, dat Van Haastricht of Van Wateringen die had gestolen.'
De Cock grijnsde.
'Sybille begreep heel goed dat wij de moordenaar in de kring van Brain Trust zouden zoeken en wakkerde die gedachte nog aan door Adèle van Haastricht te laten verklaren, dat zij de zekerheid had, dat Van Wateringen de dader was.'
Mevrouw De Cock kon zich niet bedwingen.
'Wat een duivels wijf,' riep ze geschrokken.
De Cock knikte.
'Dat zei haar dochter ook. Die noemde haar een egoïstisch dier... een satansgebroed.'
Vledder boog zich weer naar voren.
'Stond Sybille toe, dat Maria van Ledeacker haar plan niet uitvoerde?'
De Cock trok een bedenkelijk gezicht.

'Dat was juist mijn angst. Sybille stond erop dat Maria van Ledeacker... ondanks de verzoening met haar man... toch haar plan diende uit te voeren. Sybille van Hellendoorn dreigde zelfs, dat een eventuele weigering ook voor Maria consequenties zou hebben. Dat was de reden dat ze zich bij mij meldde en zich bereid toonde om aan de ontmaskering mee te werken.
Ik heb Maria gevraagd om zich met Sybille in verbinding te stellen met de mededeling, dat zij toch haar moordplan wilde uitvoeren en of Sybille haar daartoe de revolver wilde overhandigen.'
Vledder knikte begrijpend.
'De ontmoeting bij Zorgvlied.'
'Precies.'
'Zonder de hulp van Maria van Ledeacker waren we er nooit uitgekomen.'
De Cock stak afwerend zijn hand op.
'Ik wist al dat ik de dader onder de vrouwen van de slachtoffers moest zoeken.'
'Voordat Maria van Ledeacker bij je kwam?'
De Cock knikte.
'Het verhaal van Henriette van Wateringen klopte niet en dat kon ik bewijzen.'
'Je bedoelt, dat ze Dorethea op de gracht had gezien?'
De Cock knikte.
'Dat was een leugen door Sybille ingegeven, die wist dat haar dochter, met wie ze in onmin leefde, zo'n jack met een duivelskop had.'
Vledder keek hem verward aan.
'Hoe dan?'
'De hond.'
'Wat voor een hond?'
De Cock glimlachte.
'De schnautzer... de schnautzer van Van Wateringen. Een lief dier, dat niet alleen kan zijn want dan begint hij hinderlijk te blaffen. De andere flatbewoners aan de Realengracht hadden daar in het verleden al dikwijls over geklaagd. Henriette van Wateringen vertelde, dat zij na haar man de flat had verlaten en naar de bridgeclub was gegaan. De hond zou vanaf dat moment alleen moeten zijn geweest. En wat bleek bij mijn onderzoek in de flat... de hond had niet geblaft.'

De ogen van Vledder glinsterden.
'Henriette van Wateringen was dus niet naar de bridgeclub, maar op haar flat.'
De Cock knikte.
'De schnautzer had alleen geblaft tussen elf uur en half twaalf.'
De mond van Vledder viel open.
'Toen zij weg was om haar man te vermoorden.'
De Cock schonk zich nog eens in en leunde met het glas in zijn hand in zijn fauteuil achterover. De lange uiteenzetting had hem wat vermoeid.
Fred Prins vroeg zijn aandacht.
'Waar zijn de vrouwen nu?'
'Alle vier in het cellenhuis aan het hoofdbureau.'
Mevrouw De Cock keek haar man verschrikt aan.
'Alle vier? Ook die Maria... Maria van Ledeacker?'
De Cock knikte.
'Ze heeft zich schuldig gemaakt aan een omissie-delict. Maria van Ledeacker droeg al geruime tijd kennis van de moorden... op een tijdstip, zoals de wet zegt, dat ze nog hadden kunnen worden voorkomen... en liet toen na ons of het slachtoffer in te lichten. Dat is een strafbaar feit. Maar de rechter zal uiteraard rekening houden met het feit dat zij aan de oplossing van de zaak heeft meegewerkt.'
Fred Prins keek hem onderzoekend aan.
'En die uitvinding?'
De Cock trok zijn schouders op.
'Ik heb de formule nog niet gevonden en Sybille doet haar mond niet open.'
Fred Prins knikte begrijpend en liet het onderwerp rusten.
Langzaam raakten de gruwelijke moorden wat op de achtergrond en werd het gesprek algemener.
Het was al vrij laat toen de gasten het huis verlieten. De Cock deed hen uitgeleide. Toen hij in de huiskamer terugkwam, zat mevrouw De Cock op een poef naast zijn fauteuil. De oude rechercheur kende het beeld en wist, dat zijn vrouw nog een paar vragen op de tong brandden.
Hij ging zitten en schonk zich voor de derde maal die avond een glas cognac in. Hij blikte opzij.
'Niet tevreden?'
Mevrouw De Cock schudde haar hoofd.

'Hoe kwam Sybille van Hellendoorn aan die fraaie Nagant-revolver?'
'Van haar grootvader. De familienaam van Sybille is Gorbadovski. Ze is van Russische afkomst. Haar grootvader was officier in het Russische leger. In 1917, na de ineenstorting van het oude Russische rijk, vluchtte hij via Duitsland naar Nederland. Toen de vader van Sybille stierf, erfde zij van haar grootvader die mooie Nagant-revolver en een kist met patronen. Hij leerde haar ook hoe ze er mee om moest gaan.'
Mevrouw De Cock zuchtte.
'Een vreemde vrouw.'
De Cock knikte.
'Met een magische uitstraling. De andere vrouwen van de bridgeclub waren volkomen in haar ban.' De oude rechercheur zweeg. Hij draaide zich iets om en keek zijn vrouw nadenkend aan.
'Zou jij een revolver op mij kunnen leegschieten?'
De uitdrukking op het gezicht van mevrouw De Cock verstarde.
'Jurrian,' riep ze bestraffend, 'zo'n vraag mag je mij nooit meer stellen.'

(44)

BAANTJER

De Cock en het roodzijden nachthemd

Een vrouw stuurt vanuit een ziekenhuis een ongewone brief aan rechercheur De Cock (met cee-oo-cee-ka). Hij besluit op haar uitnodiging in te gaan en neemt zijn rechterhand Vledder mee.
In het ziekenhuis worden zij op een onverwachte en onaangename wijze verrast. Een man met een grote snor is hen voor geweest: de vrouw is dood.
Dit incident leidt tot een op het eerste gezicht onontwarbare kluwen van misdaden, waarbij dode vrouwen in roodzijden nachthemden op een macabere wijze worden aangetroffen. Voor de twee rechercheurs een zaak die onoplosbaar lijkt.

45

BAANTJER

De Cock en moord bij maanlicht

In Amsterdam vestigt zich, in een pand van een voormalige drukkerij, de sekte *De Zoekers van Osiris*. Niet lang daarna wordt op de Kalkmarkt een psychiater geliquideerd. De sekte en de moord lijken met elkaar te maken te hebben. Althans, rechercheur De Cock (met ceeooceekaa) en zijn assistent Vledder worden in die denkrichting geduwd. Zéér tegen de wens van De Cock in, wordt de BVD (Binnenlandse Veiligheids Dienst) bij de zaak van de psychiater betrokken. Waarom? De psychiater had ministers onder zijn patiënten...
Het wordt een ingewikkelde kwestie, die Vledder doet opmerken: 'Waarom raken wij altijd in van die bizarre zaken verwikkeld?'

De volgende boeken van Baantjer zijn bij de Fontein verschenen:

1 1963 De Cock en een strop voor Bobby
2 1965 De Cock en de wurger op zondag
3 1965 De Cock en het lijk in de kerstnacht
4 1967 De Cock en de moord op Anna Bentveld
5 1967 De Cock en het sombere naakt
6 1968 De Cock en de dode harlekijn
7 1969 De Cock en de treurende kater
8 1970 De Cock en de ontgoochelde dode
9 1971 De Cock en de zorgvuldige moordenaar
10 1972 De Cock en de romance in moord
11 1972 De Cock en de stervende wandelaar
12 1973 De Cock en het lijk aan de kerkmuur
13 1974 De Cock en de dansende dood
14 1978 De Cock en de naakte juffer
15 1979 De Cock en de broeders van de zachte dood
16 1980 De Cock en het dodelijk akkoord
17 1981 De Cock en de moord in seance
18 1982 De Cock en de moord in extase
19 1982 De Cock en de smekende dood
20 1983 De Cock en de ganzen van de dood
21 1983 De Cock en de moord op melodie
22 1984 De Cock en de dood van een clown
23 1984 De Cock en een variant op moord
24 1985 De Cock en moord op termijn
25 1985 De Cock en moord op de Bloedberg
26 1986 De Cock en de dode minnaars
27 1987 De Cock en het masker van de dood
28 1987 De Cock en het lijk op retour
29 1988 De Cock en moord in brons
30 1988 De Cock en een dodelijke dreiging
31 1989 De Cock en moord eerste klasse
32 1989 De Cock en de bloedwraak
33 1990 De Cock en moord à la carte
34 1990 De Cock en moord in beeld
35 1991 De Cock en danse macabre
36 1992 De Cock en een duivels komplot
37 1992 De Cock en de ontluisterende dood
38 1992 De Cock en het duel in de nacht
39 1993 De Cock en de dood van een profeet
40 1993 De Cock en kogels voor een bruid
41 1994 De Cock en de dode meesters
42 1994 De Cock en de sluimerende dood
43 1995 De Cock en 't wassend kwaad
44 1995 De Cock en het roodzijden nachthemd
45 1996 De Cock en moord bij maanlicht
46 1996 De Cock en de geur van rottend hout
47 1997 De Cock en een dodelijk rendez-vous
48 1997 De Cock en tranen aan de Leie
49 1998 De Cock en het lijk op drift
50 1998 De Cock en de onsterfelijke dood
51 1999 De Cock en de dood in antiek

Andere titels van Baantjer:
De dertien katten
Misdaad in het verleden
Een Amsterdamse rechercheur
Rechercheur Baantjer van bureau Warmoesstraat vertelt, deel 1 t/m 10

Verkrijgbaar bij de boekhandel